# A arte da pontuação

Noah Lukeman

# A arte da pontuação

Tradução
Marcelo Dias Almada

martins Fontes
selo martins

Esta obra foi publicada originalmente em inglês sob o título
*A dash of style – The art and mastery of punctuation* por Noah Lukeman.

| | |
|---|---|
| Publisher | *Evandro Mendonça Martins Fontes* |
| Coordenação editorial | *Anna Dantes* |
| Produção editorial | *Alyne Azuma* |
| Preparação | *Aluizio Leite* |
| Revisão | *Denise Roberti Camargo* |
| | *Dinarte Zorzanelli da Silva* |
| Diagramação | *Patrícia De Michelis* |
| | *Júlia Tomie Yoshino* |
| | *Studio 3* |

**Dados Internacionais de Catalogação na Publicação (CIP)**
**(Câmara Brasileira do Livro, SP, Brasil)**

Lukeman, Noah
A arte da pontuação / Noah Lukeman ; tradução Marcelo Dias Almada. – São Paulo : Martins Martins Fontes, 2011.

Título original: A dash of style : the art and mastery of punctuation.
ISBN 978-85-8063-012-1

1. Escrita 2. Língua e linguagem 3. Linguística 4. Pontuação 5. Redação 6. Textos I. Título.

11-03393 CDD-410

**Índices para catálogo sistemático:**
1. Pontuação : Escrita : Linguística 410
2. Pontuação : Linguagem : Linguística 410


*Av. Dr. Arnaldo, 2076*
*01255-000 São Paulo SP Brasil*
*Tel.: (11) 3116 0000*
*info@emartinsfontes.com.br*
*www.emartinsfontes.com.br*

*para meu pai*

# AGRADECIMENTOS

Gostaria de agradecer a Jill Bialosky pelo zelo na edição deste livro e por seu olhar de poeta no processo de revisão. Agradeço a seu assistente Evan Carver, pelo grande entusiasmo e pelas preciosas sugestões, e ainda a toda equipe editorial da Norton, que desde o começo esteve por trás deste livro e me ofereceu todo o apoio, e a Nanny Palmquist.

Agradeço também a David Stanford Burr, membro do conselho consultivo do *The Chicago Manual of Style*; foi uma honra contar com seu trabalho de copidesque – certamente o mais brilhante por que já passou um texto meu.

No Reino Unido, sou grato a Caspian Dennis, a Tessa Ingham e a Abner Stein Agency pelo apoio constante; e à Oxford University Press. Na Espanha, sou grato pelo empenho de Montse Yanez e Sandra Biel.

Agradeço também a Kristin Godsey e a toda a equipe da *Writers Digest*, bem como a Elfreida Abbe, do *The Writer*, e a Supriya Bhatnagar, do *AWP Chronicle*, pelo grande apoio.

Sou grato ainda aos muitos professores e escritores que contribuíram com suas ideias sobre pontuação, especialmente a Ellen Cooney, John Smolens, Paul Cody, Phyllis Moore, Joe Jackson, Kent Meyers e Daniel Myerson.

## SUMÁRIO

*E, como sempre, sou profundamente grato a minha família por todo amor e apoio. "Em meio a tudo que exige a atenção do tipógrafo, nada leva a tantos tropeços ou a tantas dúvidas e incertezas... quanto a Arte da Pontuação."*

Henry Beadnell, *Spelling and Punctuation*, 1880

# INTRODUÇÃO

*A pausa tem grande importância do ponto de vista intelectivo. Se você emprega erroneamente as vírgulas, os pontos e vírgulas e os pontos finais, isso significa que seu pensamento não está bem claro, que sua mente está confusa.*

William Temple, arcebispo de York, em *The Observer,* 1938

Este livro não é para gramáticos nem para historiadores. Os gramáticos e historiadores já têm *Eats, Shoots & Leaves* [Come, atira e sai], de Lynne Truss, e dezenas de outros excelentes livros sobre pontuação escritos para seus estudos. Este livro é para o público que mais precisa dele e para o qual, ironicamente, ainda não se escreveu uma obra sobre pontuação: os escritores. Entenda-se aqui os escritores de ficção, não ficção, biografias, poesia, roteiros, e qualquer pessoa que deseje escrever bem, seja no trabalho, na escola ou em qualquer outra atividade.

Acredito que a maioria dos escritores não quer saber a respeito dos dezessete casos de uso da vírgula nem ponderar sobre o uso que se fazia do ponto e vírgula no século IV. A maioria deles quer apenas melhorar sua redação. Eles querem saber como a pontuação pode se colocar a seu serviço – e não como eles podem se colocar a serviço da pontuação. Já leram livros sobre o assunto, mas quase todos se revelaram penosamente prosaicos. Infelizmente, muitos desses livros costumam ignorar os que desejam usar a pontuação com um pouco de estilo.

Este livro oferece uma nova maneira de ver a pontuação: como forma de arte. A pontuação é tida muitas vezes como uma conveniência, um modo de tornar mais claro o que se quer dizer. Raramente é considerada um meio de expressão artística, uma forma de exercer um efeito sobre o conteúdo – não de maneira pedante, mas em um sentido mais profundo, quando alcança uma simbiose com a narração, o estilo, a perspectiva e até mesmo o próprio enredo.

Por que Ernest Hemingway se valia tanto do ponto final? Por que William Faulkner fugia dele? Por que Edgar Allan Poe e Herman Melville recorriam tanto ao ponto e vírgula? Por que Ernest Hemingway e Raymond Carver usavam o ponto final? Por que Emily Dickinson adotava o travessão e Gertrude Stein evitava a vírgula? Como pode a pontuação diferir tão radicalmente entre esses grandes autores? O que a pontuação podia acrescentar ao texto que a língua por si não conseguia?

★

Todo e qualquer texto tem um ritmo subjacente. As frases batem e se desfazem como as ondas do mar, atuando no inconsciente do leitor. A pontuação é a música da língua. Assim como um maestro pode influenciar a apreciação de uma música ao manipular-lhe o ritmo, a pontuação pode influenciar a apreciação da leitura, trazer à tona o melhor (ou o pior) de um texto. Ao controlar a velocidade do texto, a pontuação indica como ele deve ser lido.

Logo abaixo da superfície do texto há todo um mundo sutil formado pela pontuação, semelhante ao mundo dos micro-organismos existente em um lago. Esses mundos não são visíveis a olho nu, porém com um microscópio é possível descobrir que eles existem e que o lago é, de fato, fervilhante de vida. Este livro o ensinará a tornar-se sensível a esse *habitat*. Quanto mais sensível você for, maior a probabilidade de criar uma obra mais refinada, sob todos os aspectos. Por outro lado, quanto mais você fechar os olhos a ele, maior a probabilidade de produzir um texto cacofônico e ser mal interpretado.

Este livro é interativo. Você mesmo fará a pontuação que irá explorar como nunca antes por meio de inúmeros exercícios. Você vai descobrir que o trabalho com a pontuação vai inspirar novas ideias para o seu texto. Abre-se um mundo de possibilidades quando você redige (ou revisa) um texto abordando a pontuação a partir de uma nova perspectiva – você começa a escrever e a pensar de maneira totalmente diferente. Por fim, você perceberá que este livro não foi escrito para melhorar sua gramática, mas para melhorar sua redação.

Sendo assim, não vou enumerar exaustivamente os sinais de pontuação nem examinar todos os usos de cada um. Os apóstrofos e as barras podem ser deixados para os gramáticos. O que me interessa são os usos essenciais dos sinais mais importantes, aqueles que podem exercer sobre o texto um efeito criativo. Não me interessa aqui em que lugar é colocado o apóstrofo nem se o dois-pontos antecede uma lista; antes, interessa-me saber se o acréscimo ou a retirada de um travessão pode modificar a intenção de uma cena.

Os benefícios da pontuação para o escritor são ilimitados quando se sabe aproveitá-los. Pode-se, por exemplo, criar um efeito de fluxo de consciência usando-se pontos finais; indicar a passagem do tempo usando-se vírgulas; aumentar a complexidade usando-se parênteses; compor uma certa forma de diálogo usando-se travessões; conduzir a uma revelação usando-se dois-pontos; acelerar o ritmo usando-se aberturas de parágrafos; prender a atenção dos leitores usando-se quebras de seções. Isto – o efeito produzido sobre o conteúdo – é o santo graal da pontuação, muitas vezes soterrado por longas discussões sobre gramática e história.

Como agente literário, li dezenas de milhares de originais e acabei descobrindo que é na pontuação, mais do que em qualquer outra coisa, que se assenta a clareza – ou o caos – do pensamento. As falhas do texto podem ser logo detectadas por meio da pontuação, e é também por meio dela que se evidenciam os seus pontos fortes. A pontuação revela o escritor. O resultado final de qualquer obra só será bom se for bom o método usado para realizá-la com sucesso, e não há como ter sucesso sem esses estranhos pontos, linhas e curvas a que damos o nome de pontuação.

# parte I

# O TRIUNVIRATO

## (o ponto final, a vírgula e o ponto e vírgula)

*Em mãos habilidosas, a pontuação é um sistema notavelmente sutil de sinais, signos, símbolos e indicações que mantêm os leitores em um caminho suave. Sutil demais, talvez: já houve algum crítico ou comentarista que elogiasse um autor por seu domínio da pontuação, seu virtuosismo no emprego de vírgulas? Alguém já ganhou algum Pulitzer, ou um Nobel, por distinguir com elegância entre travessão e dois-pontos, ponto e vírgula e vírgula?*

Rene J. Cappon, *The Associated Press Guide to Punctuation*

Comecemos por examinar três sinais de importância fundamental – o ponto final, a vírgula e o ponto e vírgula –, os principais responsáveis pela construção da frase. Eles podem compor ou dividir frases e, nesse sentido, têm um poder supremo. De fato, usando apenas esses três sinais, é possível pontuar bem um livro. Talvez não seja um livro tão sutil ou complexo quanto um que também contenha os sinais examinados na Parte II, mas será perfeitamente funcional. Aliás, grandes autores já utilizaram menos sinais do que esses três para pontuar suas obras.

Como veremos, esses sinais às vezes dividem, às vezes conectam, mas sempre exercem influência sobre a estrutura. O ponto final ficaria excessivamente distante não fossem a vírgula e o ponto e vírgula, que proporcionam a tão necessária pausa. A vírgula ficaria perdida entre as inúmeras pausas se o ponto final não lhe ensinasse a parar; e o gracioso ponto e vírgula não existiria não fosse a incapacidade da vírgula e do ponto para desempenhar sua função.

Assim, na Parte I, vamos considerar esses três sinais em conjunto: como um triunvirato.

# 1 O ponto final (o sinal de parar)

*Nenhum ferro é capaz de golpear o coração com tanta força quanto um ponto final colocado no lugar certo.*
Isaac Babel, "Guy de Maupassant"

No mundo da pontuação, o ponto final é o sinal de parar. Ao colocar um limite, o ponto final delineia uma ideia. Sua presença divide, sua ausência conecta. Empregá-lo é fazer uma asserção; omiti-lo, também. Todos os outros sinais de pontuação existem apenas para modificar o que se encontra entre dois pontos finais – sempre refreados por ele, devem atuar dentro do seu contexto. Para constatar seu poder, simplesmente imagine um livro sem ponto final. Ou com um ponto final depois de cada palavra. Assim, o ponto final também estabelece a referência para o estilo e o ritmo.

## COMO USÁ-LO

Certos autores, como Albert Camus, Raymond Carver e Ernest Hemingway, usavam o ponto final intensamente. Embora as frases curtas geralmente sejam consideradas amadorísticas ou juvenis, há casos em que elas funcionam bem, casos em que a obra exige tal estilo. Em certas situações, para se obter determinado efeito, o mais natural é usar com frequência o ponto final. Eis alguns exemplos:

• No começo ou no fim de um capítulo ou livro. Pode-se usar uma frase curta para prender o leitor e intensificar a dramaticidade. Observe a abertura do romance de Ray Bradbury, *Fahrenheit 451*:

> Queimar era um prazer.

Ou do romance *Slow Burn* [Queimada lenta], de Patrick Quinlan:

> Naquela mesma noite, alguém estourara os miolos de um homem.

Ou do conto de Phyllis Moore, "The Things They Married" [As coisas com as quais se casaram]:

> Primeiro, ela se casou consigo mesma.

Os começos e os finais dão margem a licenças dramáticas, a quebras de estilo.

• As frases curtas podem causar um impacto que as longas não conseguem produzir. Também servem para pôr em evidência uma ideia que talvez tenha passado despercebida em uma frase mais longa e ajudam a criar contraste ao quebrar uma série de frases mais extensas. A frase curta no exemplo a seguir obtém esses três efeitos:

> Charlotte sabia que chegara a hora de contar a seu chefe como ela se sentia de fato, de dizer-lhe que não suportaria nem um segundo mais. Abriu bruscamente a porta de sua sala, seguiu pelo corredor, passou pelos rostos incrédulos das secretárias e entrou na sala do chefe. Fitou-o nos olhos, reuniu toda a coragem que tinha e respirou fundo.
>
> Não conseguiu falar.

Ou considere o seguinte exemplo, extraído do conto "Battle Royal" [Batalha real], de Ralph Ellison:

> Isso foi há muito tempo, uns vinte anos atrás. Eu passara a vida toda procurando algo, e aonde quer que eu fosse sempre havia alguém que tentava me dizer o que era. Aceitava essas respostas também, embo-

ra muitas vezes fossem contraditórias entre si e até mesmo em si. Eu era ingênuo.

A frase final nesse exemplo não teria causado o mesmo impacto se fosse tão longa quanto as frases anteriores.

• As frases curtas podem funcionar bem no meio do diálogo, ajudando a imprimir um ritmo acelerado à ação. Observe o seguinte exemplo do conto "Night School" [Escola noturna], de Raymond Carver:

> Meu casamento acabara de ruir. Não conseguia encontrar trabalho. Tinha arranjado uma namorada. Mas ela não estava na cidade. Lá estava eu no bar tomando uma cerveja, e havia duas mulheres sentadas a alguns bancos de distância. A certa altura, uma delas começou a falar comigo.
>
> – Você tem carro?
>
> – Tenho, mas não estou com ele – respondi.

Carver era mestre em frases curtas, e suas habilidades podem ser apreciadas nesse exemplo. Note que ele também usa frases curtas antes e depois do diálogo. À primeira vista, essas frases de poucas palavras podem parecer juvenis, mas alcançam o efeito desejado; cada qual enfatiza uma ideia significativa, e faz isso por meio da rápida sucessão.

• As frases curtas podem ser usadas para manter um andamento rápido. Isso pode ser necessário, por exemplo, em uma sequência de ações:

> Ele virou a esquina e correu pelo beco. Estavam se aproximando, uns quinze metros atrás. Chutou a porta. Ela não abriu. Arremeteu de ombro. Ao som de um gemido, a porta cedeu, e ele caiu do outro lado. A escada levava para cima e para baixo. Ele ouvia a aproximação deles. Era preciso escolher.

• Em um nível mais sofisticado, as frases curtas podem ser usadas para complementar a intenção geral do texto. Observe o seguinte exemplo de um conto de Flannery O'Connor, "The Lame Shall Enter First" [O fraco deve entrar primeiro]:

> Sheppard fixou nele o olhar azul e intenso. O futuro do rapaz estava escrito em seu rosto. Ele seria banqueiro. Não, pior que isso. Iria administrar uma pequena companhia de empréstimos.

As frases curtas capturam o sentimento do fluxo de consciência de Sheppard. Cada pausa assinala um novo giro em seus pensamentos, uma nova conclusão. Realmente podemos senti-lo pensar, o que é reforçado a cada ponto final. O intervalo que o ponto final nos concede a cada pensamento é crucial, já que as conclusões de Sheppard mudam a cada ideia: precisamos de tempo para digerir. Sem os pontos finais, as observações ficariam indistintas, e não perceberíamos o processo de pensamento. Graças a eles, sentimos que os pensamentos de Sheppard estão totalmente voltados para o rapaz.

Camus também recorre a frases curtas de grande efeito no início de sua obra *O estrangeiro*.

> Hoje mamãe morreu. Ou ontem, talvez, não sei. Mandaram um telegrama de casa: "Mamãe morreu. Enterro amanhã. Atenciosamente." Isso não quer dizer nada. Talvez tenha sido ontem.

As frases curtas atendem aí a muitos propósitos. Primeiramente, esse texto é a abertura da obra, e ele ajuda a prender rapidamente o leitor; estabelece qual será o tom e o estilo de todo o livro; e, em um nível mais sofisticado (que um mestre como Camus haveria de ter em mente), complementa o sentido e a intenção da obra como um todo. O sentimento evocado é lacônico, impassível. Ao longo do romance, o narrador também se mostra impassível em relação à morte da mãe, o que acaba por se revelar o ponto crucial da história e até mesmo o motivo não declarado de ele ser condenado à morte. Para reforçar sua intenção, Camus logo cita um telegrama, em que as frases curtas imitam as frases curtas do narrador. (Note, porém, que o exemplo acima, assim como os demais, é uma tradução. Citar textos literários traduzidos – como *O estrangeiro* – é em si problemático, já que muitos tradutores costumam fazer a pontuação a seu gosto. Aliás, os tradutores só podem realizar mudanças desse tipo respeitando a intenção do escritor.)

Hemingway era um outro mestre das frases curtas. Observe o exemplo seguinte, extraído de seu conto "Soldier's Home" [Casa do soldado]:

> Ele não queria consequência alguma. Não queria nunca mais consequência alguma. Queria continuar vivendo sem nenhuma consequência. Porque na verdade não precisava de uma garota. O exército lhe ensinara isso. Não havia mal em fingir que precisava ter uma garota. Quase todo mundo fazia isso. Mas não era verdade. Ninguém precisava de uma garota. O curioso era isso.

Em se tratando de um autor como Hemingway, o uso frequente do ponto final nunca é fortuito; ao contrário, serve a um propósito maior. Nesse exemplo, cada ponto final põe em destaque um pensamento do soldado, e faz isso de modo a sugerir que ele está profundamente afetado pela guerra, até mesmo traumatizado. A repetição da palavra "consequência" (que aparece três vezes, nas três primeiras frases) também contribui para a obtenção desse efeito.

O americano Rick Mood é um dos talentosos escritores da atualidade conhecido por suas experimentações ousadas com a prosa e o estilo. Sua obra *Purple America* [América escarlate], por exemplo, começa com uma frase que se estende ao longo de *páginas* antes de chegar ao ponto final. Observe o exemplo seguinte, extraído de seu romance *The Ice Storm* [A tempestade de gelo], em que, ironicamente, é abundante o emprego do ponto final:

> Nada de secretárias eletrônicas. Nada de chamada simultânea. Nada de bina. Nada de gravador de CDs, nem laserdiscs, nem holografia, nem televisão a cabo, nem MTV. Nada de cinemas multiplex, nem de processadores de texto, nem de impressoras a laser. Nada de realidade virtual.

O escritor poderia ter decidido separar as ideias simplesmente com vírgulas ou pontos e vírgulas. Ao optar por pontos finais, ele faz com que cada uma delas se torne mais penetrante, distanciando-nos do mundo moderno de modo mais eficaz.

> *Não usar um número maior de pausas do que o necessário é um bom princípio a ser observado.*
> H. W. e F. G. Fowler, *The King's English*

**O PERIGO DO USO EXCESSIVO**

Há uma grande diferença entre o uso frequente do ponto final para efeito estilístico (como nos exemplos acima) e o uso excessivo, que resulta em um texto fraco. Os redatores de jornais e revistas costumam adotar esse estilo, pois foram ensinados a escrever desse jeito. Em livros, no entanto, o uso excessivo do ponto final é desagradável, pois causa uma sensação de solavanco.

A cada nova frase, o leitor se prepara para deslizar em uma onda, ocupar-se de uma ideia nova e segui-la até o fim. Ele não quer que a onda arrebente antes que consiga apanhá-la. Ao ser lançado para dentro e para fora de novas ideias, o leitor se sente sacudido e menos disposto a empreender uma longa jornada. O começo de uma nova frase é o microcosmo do começo de um novo livro: requer esforço. O esforço é mínimo, mas existe. Ao ver-se diante de centenas de páginas, o leitor não quer ter de parar e recomeçar a cada meia dúzia de palavras. Ele quer se fixar.

Por exemplo:

> Ele falou com a gerente. Ela recomendou um livro. Ele folheou o livro. Gostou. Comprou.

Tal sucessão de frases parece pueril, principalmente se o conteúdo for banal, como o do exemplo acima. A maioria dos escritores não vai cair nesse extremo, mas há momentos ao longo de uma obra em que eles se cansam e dão um passo em falso. Podem ficar tão absorvidos no enredo, nas personagens ou na cena que não percebem, na empolgação, que estão abusando dos pontos finais. Ao rever o texto, é importante ficar atento a isso, aos agrupamentos de frases curtas que prejudicam o estilo.

O verdadeiro perigo não é propriamente o fato de a frase ser curta, mas sua falta de conteúdo. Quando bem empregada, uma frase curta é capaz de expressar mais do que uma página inteira; do mesmo modo, uma frase longa pode não transmitir coisa alguma. É preciso estar atento para a ocorrência de frases curtas que, no contexto, transmitam pouco, apresentem ideias incompletas e sejam insatisfatórias. As frases não devem se apoiar excessivamente umas nas outras, a menos que haja um propósito para isso.

Talvez mais significativo (e sutil) seja aprender a identificar quando uma frase longa se torna muito curta – quando o ponto final aparece antecipadamente em uma frase mais longa. Nem sempre uma frase longa é longa o bastante. Ela pode afetar o leitor apenas de leve, ou até mesmo de modo inconsciente. Mas o efeito se amplia. É a rachadura no para-brisa que começa a aumentar.

Uma frase curta pode ser satisfatória. Mas ser satisfatório não é seu objetivo como escritor; seu objetivo é ser um mestre da forma. Isso significa agonizar a cada frase e indagar-se, entre outras coisas, se ela precisa ser mais longa. Talvez precise ser mais longa porque ela mesma assim o exige, como no exemplo a seguir:

> Ela comprou um vestido.
> Ela usou seu último centavo para comprar um vestido para sua mãe.

Ou talvez precise ser mais longa para acomodar o que vem em seguida (ou veio antes). Por exemplo:

> Ela comprou um vestido. Foi em sua loja preferida.
> Ela comprou um vestido em sua loja preferida.

Nenhuma das duas formas é necessariamente a "certa". Os dois exemplos podem funcionar. Tudo depende do contexto e do efeito que você espera alcançar. O importante é que, qualquer que seja o caminho escolhido, você o faça deliberadamente.

> *Na escrita, a pontuação desempenha o papel da linguagem corporal. Ajuda o leitor a ouvi-lo do jeito que você quer ser ouvido.*
>
> Rusvaker

## COMO MINIMIZAR O USO

Assim como os autores empregam o ponto final para produzir um grande efeito, este também pode ser obtido com um emprego mínimo do sinal. Às vezes, determinado efeito só pode ser alcançado por meio de uma frase longa – em alguns casos isso é até mesmo necessário. Eis algumas possibilidades:

• As frases longas – assim como as curtas – podem funcionar bem no começo ou no fim de um capítulo ou livro pelas mesmas razões apontadas anteriormente: começos e fins permitem a licença poética, e uma abertura longa ou um final longo podem prender o leitor, permitir que ele se fixe no texto (ou saia dele). Assim como na sequência inicial ou final de um filme (que costumam ser muito mais longas), os leitores estão abertos a qualquer coisa durante esses preciosos momentos, e, portanto, mais dispostos a aceitar um estilo incomum. (Mais adiante, veremos um exemplo disso, extraído de *Absalão, Absalão!*, de William Faulkner.

• O efeito de fluxo de consciência (pensamentos a se desenrolar na página em tempo real) pode ser obtido por meio de uma frase mais longa:

> Acordei hoje de manhã sabendo o que precisava fazer, mas o telefone tocou e era Shirley já falando do seu assunto preferido, e antes que me desse conta estava com fome, tinha queimado de novo a torrada e tive que tomar o café da manhã fora de casa, o que me deixou sem tempo para ler o jornal.

Como se vê, o fluxo de consciência é caótico; desenrola-se sem censura, o que o faz parecer autêntico. Poucos recursos contribuem mais para esse efeito do que a ausência do ponto final. Mas esse estilo é também sufocante. A menos que haja um excelente motivo, deve ser usado apenas em casos especiais.

• As frases longas (assim como as curtas) podem ser usadas para ajudar a capturar um ponto de vista. Podem, por exemplo, retratar uma personagem obsessiva, cujos devaneios ou pensamentos só podem ser expressos com frases longas:

> Tinha contado treze quilos, mas meu gerente me disse que eram doze e que faltava um, faltava um, mas eu tinha contado treze, contado três vezes, não confio nele e não acho que faltasse um, embora ele tenha dito que sim, sei porque contei, contei três vezes.

Trata-se de um recurso bem estilístico, que não pode ser mantido por muito tempo para não desnortear o leitor. Mas nesse caso a frase longa captura a sensação neurótica, ofegante, que as frases curtas não conseguem.

• Caso encontre dificuldade para diferenciar os pontos de vista e os estilos narrativos de duas personagens de uma obra sua, uma solução seria simplesmente encurtar as frases de uma personagem e alongar as da outra. A diferença ficará imediatamente visível. Trata-se de um truque rápido e que nem sempre funcionará bem, mas o princípio aí contido é importante, pois demonstra o poder intrínseco da colocação do ponto final. Em seu brilhante romance *The River Warren* [A coelheira do rio], Kent Meyers, um escritor americano contemporâneo, retrata os pontos de vista de múltiplas personagens mudando radicalmente de estilo (e o uso do ponto final) a cada vez. Eis um exemplo do ponto de vista de sua personagem Pop Bottle Pete:

> O inverno é frio. O verão, não. É no verão que encontro as garrafas. E as pedras. As pedras são como as garrafas.

Compare esse ponto de vista ao de sua outra personagem, Jeff Gruber:

> A doze milhas de Cloten, partindo de Duluth, parei o carro à margem da estrada no alto das escarpas acima do rio e olhei para o vale abaixo.

A diferença marcante na extensão da frase ajuda a estabelecer os dois pontos de vista distintos.

• Intenção. Nas mãos de um mestre, as frases longas podem refletir o verdadeiro propósito e intenção da obra. Observe o seguinte exemplo extraído de *Absalão, Absalão!*, de Faulkner, que também é a frase de abertura do romance.

> No período entre um pouco depois das duas horas até quase o pôr do sol daquela tarde de setembro, ainda quente, longa, cansativa e morta, eles ficaram na sala que Miss Coldfield continuava chamando de escritório porque seu pai assim a chamara – uma sala escura e sem ar, com as venezianas todas fechadas havia quarenta e três verões porque quando ela era menina alguém acreditara que a luz e o ar circulante traziam calor e que a escuridão sempre era mais fresca, sala que (à medida que a luz do sol ia se demorando naquele lado) se enchia de riscos amarelos com partículas de pó que Quentin julgava serem pequenas cascas da velha tinta ressecada das venezianas que o vento tivesse soprado para dentro.

Esse período único adverte o leitor que ele vai embarcar em uma leitura incomum, que desafia todas as regras. Faulkner prosseguirá assim, mantendo o estilo ao longo de todo o texto. Considerado um dos grandes romances do século XX, a obra é também famosa pela colocação dos pontos finais. Nas mãos de um escritor menor, isso seria um desastre (e eu não recomendaria), mas Faulkner realiza uma proeza. O estilo se funde com as personagens, com o cenário, com a época: um mundo pesado – assim como as frases –, no qual é sufocante entrar, sufocante sobreviver.

Examinemos um outro exemplo de Faulkner, agora extraído de um de seus contos, "That Evening Sun" [Este sol noturno]:

> A segunda-feira não é diferente de nenhum outro dia da semana agora em Jefferson. As ruas já são pavimentadas, a companhia telefônica e a de eletricidade cada vez mais cortam as árvores que dão sombra – os carvalhos negros, os bordos, as acácias-para-sol e os olmos – para dar espaço a postes de ferro que sustentam cachos de uvas, pálidas, inchadas, espectrais; e há também a lavanderia da cidade com rotinas de serviço nas manhãs de segunda-feira a juntar trouxas de roupa em veículos motorizados de cores vivas especialmente fabricados: a roupa suja da semana toda agora circula como uma aparição atrás de buzinas atentas e nervosas, com um longo e decrescente ruído de borracha e asfalto, como um rasgar de seda, e até mesmo as mulheres negras que ainda lavam para os brancos conforme o velho costume usam automóveis para recolher e entregar roupa.

Na segunda frase, incrivelmente longa, Faulkner condensa a segunda-feira, faz-nos sentir a rotina de um dia todo. Também usa o pretexto de descrever a segunda-feira para na verdade descrever toda uma cidade, as mudanças que nela vêm ocorrendo, os hábitos das pessoas e até mesmo as relações inter-raciais. Note ainda o tremendo contraste, no tocante à extensão, entre a primeira e a segunda frases, o que prova que Faulkner deliberadamente escolheu alongar a segunda.

A questão principal é que deve haver um motivo para usar o ponto final dessa maneira. Tal uso não pode ser fortuito, ou simplesmente por razões de estilo. Ao empregar esse recurso, suas chances de sucesso serão maiores se você limitá-lo a pequenos trechos – por exemplo, para uma personagem secundária. O proveito disso para o escritor comum é tornar-se consciente do efeito sutil produzido por uma frase que se alonga um tanto mais, e também do efeito cumulativo que isso exercerá sobre a obra. Na maioria das vezes, a pergunta que os escritores precisam fazer é: essa frase é longa demais? Pode ser dividida em duas? (Assim como é preciso indagar se duas frases mais curtas podem ser fundidas.) Há múltiplas ideias – principalmente ideias significativas – nessa frase? Há risco de se perder algo devido à extensão da frase? Esse risco vale a pena? Seria o ponto final um divisor forte demais? Seria melhor recorrer a divisores secundários, como a vírgula e o ponto e vírgula? (Exploraremos isso em outros capítulos.)

### O PERIGO DO USO INSUFICIENTE

Se ler uma série de frases curtas demais é como viajar por um mar agitado, ler uma série de frases longas demais (que se prolongam mais do que se espera) é como pegar uma onda que nunca se quebra de modo satisfatório. A maioria dos leitores tem a sensação de que lhes falta o ar quando leem frases longas; sentem dificuldade de acompanhar o raciocínio, e é provável que logo abandonem o livro.

Ninguém quer ler uma frase assim, que nunca termina e vai e vai sem dar descanso ao leitor entre pensamentos ou ideias ou a chance de respirar e seguir para a frase seguinte que pode parecer um objetivo distante quando essa frase terminar.

Há muitos motivos que podem levar um escritor a cair na armadilha de construir frases excessivamente longas:

- Em um nível mais simples, o escritor pode não saber como terminar a frase, pode não ter compreendido corretamente que uma frase serve a princípio para expressar uma única ideia. Frases longas demais costumam resultar da tentativa de amontoar várias ideias em uma única frase.

- É possível que o escritor construa frases longas demais por medo de deixá-la inconclusa, por insegurança de que ela não esteja suficientemente completa ou que não tenha sido expressa de forma satisfatória. Alguns autores, então, lançam mão de múltiplas ideias para criar uma cortina de fumaça, a fim de que ninguém os acuse de serem inconsistentes.

- Acadêmicos e estudiosos geralmente empregam frases mais longas porque estão acostumados a ler frases assim. São capazes de reter muitas ideias de uma vez só, de ater-se a um conceito que se emaranha com muitos outros; seu erro é presumir que o leitor leigo pode (ou quer) fazer a mesma coisa, o que raramente acontece.

- Às vezes, as frases excessivamente longas são usadas pelos jovens escritores apenas para causar efeito, quando querem fazer experiências com a forma, na tentativa, por exemplo, de imitar Faulkner. Nesse caso, eles confundem ter estilo com ser estiloso e atraem a atenção para a escrita, não para o conteúdo.

- É possível que um escritor crie frases muito longas pelo desejo de parecer mais sofisticado. Alguns escritores temem que a construção de frases mais curtas faça seus textos parecerem pueris; então exageram na direção oposta, aumentando a extensão da frase a ponto de causar-lhe dano estilístico.

Qualquer que seja o motivo, é preciso entender que nada se ganha ao alongar a frase pelo simples fato de fazê-lo; ao contrário, perde-se. Menos é mais. Anos atrás, os leitores tinham mais amplitude de atenção e mais capacidade para acompanhar as voltas e os rodeios de uma frase longa. Hoje, têm menos. Os leitores de hoje não querem exercitar o cérebro com frases do tamanho de um parágrafo, e as ideias expressadas nessas frases provavelmente se perderão. Escrever tem a ver com simplicidade e clareza, e o melhor modo de conseguir isso é construir uma frase para cada ideia.

> *Que venha o ponto final.*
> William Shakespeare

**CONTEXTO**

Um dos maiores erros que um escritor pode cometer é avaliar uma frase isoladamente, em vez de considerá-la no contexto das outras frases à sua volta. Em meio a uma série de frases longas, pode haver necessidade de uma curta, para causar impacto, para variar ou para destacar uma ideia. Do mesmo modo, em meio a um parágrafo de frases curtas, pode haver necessidade de uma longa, para variar, dar fluidez ou aparar alguma aresta de puerilidade. Por outro lado, às vezes uma frase mais curta (ou mais longa) pode ser necessária justamente por estar rodeada de frases mais curtas (ou mais longas), para que se mantenha a uniformidade. É você quem estabelece o ritmo ao determinar o estilo, e é preciso estar preparado para oferecer ao menos um pouco de uniformidade – ou rompê-la por um bom motivo. A frase longa sugere subconscientemente que uma outra longa virá em seguida; se vier uma curta, esta ficará sob o refletor. Às vezes, quando se quer enfatizar algum ponto, essa é a melhor escolha. Deve, porém, ser algo deliberado. Por fim, é preciso lembrar que uma frase somente é curta ou longa em relação ao contexto. No mundo de *O estrangeiro*, de Camus, uma frase de oito palavras pode ser longa; no de *Absalão, Absalão!*, de Faulkner, uma de cem palavras pode ser curta.

Por outro lado, os escritores podem ficar cegos pelo contexto. Ficam presos ao contexto de um parágrafo ou cena e deixam de considerar se determinada frase se sustenta por si só. As frases escondem umas às outras: é possível que uma frase curta passe despercebida em meio a uma série de outras curtas. Não se deixe cegar por seu próprio impulso; assim como é preciso avaliar cada frase dentro do contexto, é preciso colocar uma lente de aumento sobre cada frase isoladamente.

Isso é um enigma para o escritor. Por um lado, é preciso estabelecer um certo estilo e mantê-lo, o que significa que, se você estiver construindo frases longas, deve continuar com frases longas; se você estiver construindo frases curtas, deve continuar com frases curtas. Por outro lado, a sucessão de frases longas (ou curtas) logo se torna monótona, sem vida. A variedade estilística não só é desejável como também necessária, pelos motivos já mencionados. Essa variedade, no entanto, não serve como desculpa para fugir a um estilo geral, assim como fez Camus em *O estrangeiro* ou Faulkner em *Absalão, Absalão!* Você precisa encontrar um modo de estabelecer seu estilo, mas quebrá-lo quando necessário, trabalhando com a variedade a fim de deixar o texto cheio de vida e de surpresas. Trata-se de um equilíbrio delicado, e mantê-lo requer um esforço constante.

Observe o exemplo seguinte, extraído de "Araby" [Arábia], um conto de James Joyce:

> Chegados os dias curtos do inverno, a noite caía antes de terminarmos o jantar. Quando nos reuníamos na rua, as casas haviam se tornado sombrias. O espaço do céu acima de nós refletia cambiantes tons de violeta, e na sua direção os lampiões da rua lançavam uma luz fraca. O ar frio nos aguilhoava, e brincávamos até nossos corpos se afoguearem. Nossos gritos ecoavam no silêncio da rua. As brincadeiras nos levavam pelas vielas escuras e lamacentas atrás das casas, onde passávamos pelo corredor polonês das gangues dos casebres, até os fundos dos jardins escuros e encharcados que exalavam odores dos depósitos de cinzas, até os estábulos escuros de forte odor, onde um cocheiro escovava e penteava um cavalo ou extraía música das ferragens dos arreios. Quando voltávamos para a rua, a luz vinda das janelas das cozinhas iluminava o exterior.

Observe o que Joyce faz aqui para efeito de variedade estilística. As primeiras cinco frases são curtas, e, em comparação a elas, a sexta resulta longa, extraordinariamente longa, quase cinco vezes maior do que as anteriores. Nas mãos de um mestre como Joyce, isso não é acidental. A sexta frase fala do tempo dedicado às brincadeiras, e sua extensão transmite o sentimento de que as personagens se perdiam nelas, não viam o tempo passar. A frase final confirma isso, ao informar que já havia escurecido quando as brincadeiras terminavam. Ao variar a extensão na sexta frase, o autor consegue comparar e contrastar com sutileza essas imagens, construir uma imagem significativa, para em seguida retroceder. Para Joyce, o contexto estilístico é da maior importância.

Também é preciso observar a colocação dos sinais de pontuação em meio a outros sinais. Uma pausa completa adquire um sentido inteiramente diverso quando há por perto vírgulas, pontos e vírgulas, dois-pontos e travessões (que serão estudados nos próximos capítulos). Esses amigos do ponto final podem vir socorrê-lo, podem servir de descanso no meio do caminho. Dando um descanso ao leitor, um ponto e vírgula, por exemplo, pode aliviar a carga que recai sobre os ombros de um ponto final, para que ele deixe de parecer um objetivo distante no horizonte. Observemos o "Soneto 22" de *Sonnets From the Portuguese* [Sonetos dos portugueses], de Elizabeth Barrett Browning:

> Quando nossas duas almas se erguem eretas e fortes,
> Face a face, em silêncio, aproximando-se mais e mais,
> Até que as asas crescentes se incendeiem
> Em cada ponto curvo – que doloroso dano
> Pode a Terra nos causar para que já não devêssemos
> Aqui permanecer satisfeitos? Pense!

É espantoso o contraste criado pela última frase, principalmente logo após uma frase tão longa e variada do ponto de vista estilístico. O ponto de exclamação realça a ideia, realmente força o leitor a parar e a pensar.

Nos textos de um mestre como Shakespeare, o contexto da colocação do ponto final e da extensão da frase adquire novas camadas de sentido – na verdade, é conduzido a um nível inteiramente diverso. Examinemos, por exemplo, um trecho de *Macbeth*. Em uma parte do monólogo de Macbeth, no final do Ato I, ele debate consigo mesmo, em dúvida sobre se deve ou não matar o rei:

> Ele aqui está sob dupla custódia:
> Primeiro, sou seu parente e súdito;
> Dois fortes motivos contra esse ato; depois, como seu anfitrião,

Devo fechar as portas ao seu assassino,
Não empunhar eu mesmo a faca. Além disso, esse Duncan
Exerce tão brandamente seu poder, tem sido ele
Tão correto em seu grande ofício, que suas virtudes
O defenderão como anjos a soar suas trombetas contra
A grande danação de sua morte;
E a piedade, como uma criança recém-nascida e nua,
Cavalgando o vento, ou o querubim do céu, montado
Em invisível rajada de ar,
Soprará o terrível feito dentro de cada olho,
Até que o vento as lágrimas afoguem.

À medida que Macbeth avança em sua reflexão, o discurso e a pontuação vão passando por mudanças. Observa-se um crescente alongamento das frases à medida que ele mergulha mais profundamente no horror e no caos do gesto contemplado. A primeira frase completa se estende por quase cinco versos. A frase seguinte ocupa mais de nove versos. E se, para efeito da análise desse discurso, considerarmos os pontos e vírgulas e dois-pontos como tendo a função de ponto final (o que é possível, dependendo do ator), veremos de modo ainda mais claro o alongamento das frases. Macbeth começa com uma frase de seis palavras ("Ele está aqui sob dupla custódia") e culmina, no texto original em inglês, com uma frase de 36 palavras. A extensão da frase imita a mente caótica do potencial assassino. Em decorrência da simples colocação do ponto final, é possível sentir o crescente ímpeto de Macbeth, e a frase longa nos conduz ao próprio cerne do assassinato. Aliás, é essa frase que assinala o momento decisivo. Quando ela termina, Macbeth chega à conclusão de que ele não tem "esporas para cravar em seu intento". Ele se dá conta de que seria errado matar seu rei. E essa última frase não seria "longa" se uma curta não a tivesse precedido.

É também preciso aí considerar a divisão dos versos. A divisão dos versos é uma pausa invisível, poderia ser considerada mais forte do que a vírgula, mas não tão forte quanto o ponto e vírgula. Às vezes os poetas desafiam essa pausa, dividindo o verso em um ponto em que aparentemente não deveria haver ruptura, mas trata-se, mesmo nesse caso, de algo deliberado. A divisão do verso é um recurso extremamente sutil, sugerindo a pausa em vez de exigi-la. Nas mãos do poeta certo, a divisão do verso pode contribuir para enfatizar uma palavra ou ideia ao final do verso, antes de se lançar para o verso seguinte; pode propiciar um momento de reflexão. Às vezes esse momento é mais longo, às vezes sugere uma pausa brevíssima. Shakespeare escreveu principalmente em verso pentâmetro iâmbico, o que significa que para ele a divisão do verso tinha uma importância adicional; alguns estudiosos de Shakespeare insistem em afirmar que a divisão dos versos é uma indicação para os atores, exigindo uma pausa.

Para Shakespeare, a extensão da frase não estava associada a uma ideia isolada: estava associada ao contexto do parágrafo (ou estrofe), ao contexto do momento da peça, ao contexto da cena e ao contexto do processo de reflexão da personagem.

(Tenha em mente, no entanto, que é problemático analisar a pontuação em Shakespeare: trata-se, na melhor das hipóteses, de uma suposição. Embora esse exemplo tenha sido traduzido de um texto autorizado da Oxford, não há fonte que prove de modo preciso e definitivo qual era a pontuação original de Shakespeare.)

## O QUE O USO DO PONTO FINAL REVELA SOBRE O ESCRITOR

Os escritores costumam ter dificuldade para dar um passo atrás e olhar seu texto com autêntica objetividade. No entanto, a pontuação nunca mente. Quer o escritor goste, quer não, a pontuação o revela. A análise da pontuação o obriga a recuar, a lançar um olhar panorâmico sobre seu próprio texto. Revela muita coisa a respeito de seu estilo e de sua maneira de escrever.

Vamos então dar um passo atrás e contemplar essa vista panorâmica. Vamos ouvir a pontuação – não o conteúdo – e deixar que ela nos conte sua história. Ela sempre tem uma boa história para contar.

Os escritores que fazem uso muito frequente do ponto final (criando frases adequadamente curtas) costumam privilegiar a ação. Estabelecem um ritmo acelerado e conservam em mente o leitor, esforçando-se para prender-lhe a atenção e manter a obra em andamento. Esse é o aspecto positivo. Infelizmente, também é provável que ainda não tenham desenvolvido um bom ouvido para a língua, para as sutilezas da extensão da frase, para o ritmo e para o tom. São impacientes: muito ansiosos para prender o leitor, recorrem para isso a um estilo de andamento rápido, em vez de elaborar um conteúdo intrinsecamente dramático. Precisam de autoconfiança e geralmente se encontram no início da carreira. É provável que sejam escritores comerciais, mais interessados no enredo do que na caracterização das personagens, e talvez tenham formação jornalística ou, ao menos, sejam ávidos leitores de jornais e revistas.

Os escritores que pouco usam o ponto final (criando frases adequadamente longas) recaem em duas categorias: ou são amadores que pensam de maneira caótica e não seletiva, ou são escritores maduros que elaboram frases longas deliberadamente. Neste caso, é provável que sejam literários e se empenhem em criar uma prosa rica. Isso é positivo. Mas, infelizmente, também costumam se preocupar demais com a carpintaria da palavra, provavelmente às custas do ritmo e do enredo. Na verdade, escrevem mais para si mesmos do que para os leitores, o que pode levar a um excesso de autogratificação. Podem ser estilizados demais, chegando mesmo a tornar-se presunçosos. Podem também recorrer a palavras difíceis pelo simples fato de serem difíceis e fazer um emprego excessivo de vírgulas e pontos e vírgulas (examinaremos isso mais adiante).

## EXERCÍCIOS DO CAPÍTULO

Ao longo deste livro, apresentarei exercícios de livre escolha para que você faça experiências com a construção de frases. Trata-se, na verdade, de experimentar diferentes maneiras de escrever, o que estimulará diferentes modos de pensar e até mesmo ideias criativas. As ramificações levarão muito além da frase em si.

Vamos nos concentrar no ponto final e ver como ele pode influenciar a escrita.

1) Comece uma história nova, estendendo a frase de abertura por no mínimo uma página. Qual foi o resultado? Como você fez para manter o equilíbrio do conjunto? Você encontrou um novo estilo de narração? A ausência de pausas lhe permitiu mais liberdade criativa? É possível aplicar essa técnica em alguma outra parte do texto?

2) Comece uma história nova, mas cuide para que nenhuma frase contenha mais do que seis palavras. Qual foi o resultado?

Como você fez para manter o equilíbrio do conjunto? Você encontrou um novo estilo de narração? As pausas frequentes permitiram mais liberdade criativa? É possível aplicar essa técnica em alguma outra parte do texto?

3) Imagine uma personagem que pense por meio de frases longas. Quem seria essa personagem? Por que ela pensa desse jeito? Registre na página o ponto de vista da personagem, usando frases longas. As frases longas ajudam a revelar quem é a personagem? Criam a impressão de que o texto e a personagem são uma coisa só? É possível aplicar essa técnica em alguma outra parte do texto?

4) Imagine uma personagem que pense por meio de frases curtas. Quem seria essa personagem? Por que ela pensa desse jeito? Registre na página o ponto de vista da personagem, usando frases curtas. As frases curtas ajudam a revelar quem é a personagem? Criam a impressão de que o texto e a personagem são uma coisa só? É possível aplicar essa técnica em alguma outra parte do texto?

5) Escolha uma frase curta do texto, de preferência uma que faça parte de uma série de frases curtas. Encontre um modo de prolongá-la sem fundi-la com o texto que vem antes ou depois – isto é, desenvolva mais a ideia da frase. Veja até onde é possível esticá-la. É possível desenvolver ainda mais essa ideia antes de começar a frase seguinte? Você vem compondo frases curtas por exigência do próprio texto? É possível aplicar essa técnica em alguma outra parte do texto?

6) Escolha uma série de frases curtas do texto, de preferência em um trecho em que a ação pareça muito acelerada. Combine duas frases, acrescentando conteúdo a cada uma delas, se necessário. Em seguida, combine três frases. Que mudança você observa no fluxo do parágrafo? Da cena? Qual foi o ganho? É possível aplicar essa técnica em alguma outra parte do texto?

7) Escolha uma frase longa do texto, de preferência uma que faça parte de uma série de frases longas. Para verificar se ela pre-

cisa ser encurtada, considere o seguinte: ela contém diversas ideias? É difícil entendê-la? Fica difícil tomar fôlego durante a leitura? Sua extensão está de acordo com a extensão das outras frases? Encontre um modo de torná-la mais curta sem fundi-la com o texto que vem antes ou depois. Veja até onde é possível encurtá-la. Havia nela algum conteúdo irrelevante? É possível aplicar essa técnica em alguma outra parte do texto?

8) Escolha uma série de frases longas do texto, de preferência em um trecho em que o ritmo corre mais lento. Escolha duas frases com ideias semelhantes e encontre um modo de combiná-las, encurtando as duas. Em seguida, tente a mesma coisa com três frases. O que você teve que sacrificar para combiná-las? Que mudança você observa no fluxo do parágrafo? Da cena? Qual foi o ganho? É possível aplicar essa técnica em alguma outra parte do texto?

9) Escolha um parágrafo em que todas as frases variem muito de extensão. Mude as frases (encurtando-as ou esticando-as) de modo a uniformizar sua extensão. Como fica a leitura desse parágrafo? Qual foi o ganho? O que se perdeu? É possível aplicar essa técnica em alguma outra parte do texto?

10) Escolha um parágrafo em que todas as frases sejam uniformes quanto à extensão. Mude as frases (encurtando-as ou esticando-as) de modo que a extensão varie radicalmente de uma para outra. Como fica a leitura desse parágrafo? Qual foi o ganho? O que se perdeu? É possível aplicar essa técnica em alguma outra parte do texto?

11) Aplique os princípios que acabou de aprender a qualquer página de seu texto. Primeiro, leia a página em voz alta, prestando atenção em como soa cada frase e verificando se parecem longas ou curtas demais. Use esses princípios para identificar as frases que precisam ser encurtadas ou esticadas. Se for possível ajustá-las utilizando apenas o ponto final, ótimo. Se for preciso também empregar vírgulas, pontos e vírgulas, dois-pontos ou outros sinais, leia antes os próximos capítulos.

# 2 A vírgula (o quebra-molas da velocidade)

*Se você conseguir dominar o uso da vírgula – ou mesmo seu uso mais básico – nenhum outro sinal de pontuação poderá causar-lhe receio.*

Harry Shaw, *Punctuate it Right*

A vírgula é o quebra-molas do mundo da pontuação. Com seu poder de pausa, ela controla o fluxo e o refluxo, o ritmo e a velocidade de uma frase. Só pela frequência com que aparece no texto – pelo menos três vezes mais do que o ponto final e cinco vezes mais do que os outros sinais de pontuação –, ela já exerce enorme influência. No entanto, paradoxalmente, também é o sinal mais sujeito a interpretações. Tem poucas regras rígidas, e, em decorrência disso, são frequentes os casos em que é mal empregada.

A vírgula pode ser usada para dividir. Em inglês, a palavra *comma*, que corresponde a "vírgula" em português, vem do grego *komma*, "pequena oração", que, por sua vez, deriva de *koptein,* "cortar". Assim sendo, a vírgula pode controlar o próprio sentido, já que uma mesma frase dividida de diferentes modos adquire significados completamente distintos.

Por outro lado, pode servir também de conectivo. Duas frases podem se transformar em uma só em razão de uma vírgula, e pode-se esticar uma frase com o acréscimo de uma vírgula. A vírgula é, portanto, um sujeito relacional, um intermediário. Gosta de relacionar e de fazer conexões. Divisora e conectiva, a vírgula é esquizofrênica.

Sua relação com o ponto final já é suficiente para conferir-lhe extrema importância. Sem a vírgula, o ponto final muitas vezes se perde de vista, esperando ao final de uma longa frase sem pausa para descanso. Para compreender a influência da vírgula, imagine uma longa frase sem ela:

> É claro que uma frase assim sem vírgulas não permite aos leitores saber quando dar uma pausa e muito menos quando parar além de dar-lhes a sensação de que o ponto final demorará para chegar e que já deveria ter chegado bem antes.

Será preciso lê-la várias vezes para perceber o seu ritmo natural e captar-lhe o sentido. Por que você, como escritor, haverá de querer que o leitor trabalhe mais? Com o uso adequado das vírgulas, você pode evitar isso.

**COMO USÁ-LA**

É provável que a vírgula seja o sinal de pontuação mais difícil de dominar. Além de ser o mais flexível, apresentar os empregos mais variados e ser regido por poucas regras, tem sido (ou não) usado por grandes autores de modos muito diversos.

Ainda assim, você pode aprender a dominá-la. Muitos são os seus usos criativos, que devem ser examinados cuidadosamente.

• Para conectar. A vírgula pode ligar várias ideias incompletas (ou orações) em uma grande ideia (o período). É a cola que mantém a coesão do período. Se uma frase curta carece de sentido completo, a vírgula pode intervir para conectá-la às frases seguintes:

> Sentei-me no banco. Abri meu livro. Tirei o marcador.
> Sentei-me no banco, abri meu livro e tirei o marcador.

Nesse exemplo, a vírgula uniu três frases infantis, formando uma frase mais elegante.

• Para proporcionar clareza. Quando uma frase apresenta várias ideias, a vírgula pode ajudar a distingui-las. Sem a vírgula, corre-se o risco de o leitor passar de uma oração a outra sem se dar conta de onde uma ideia termina e outra começa. Em razão disso, cada ideia perderá o impacto que poderia causar e não terá tempo e espaço suficientes para ser assimilada. Por exemplo:

> Ela me disse que eu parecia um ex-namorado dela deu as costas e se afastou.

Não há, nesse caso, nenhuma pausa entre a primeira oração e a segunda, nem tempo de assimilação. Uma vírgula, no entanto, pode fazer toda a diferença:

> Ela me disse que eu parecia um ex-namorado dela, deu as costas e se afastou.

Agora percebemos a pausa devida e podemos assimilar plenamente o sentido de cada uma das orações. Nessa função, as vírgulas funcionam como boias de orientação no mar, assinalando quando estamos deixando um setor e entrando em outro.

• Para dar pausa. Para isso é que se criou a vírgula, é nessa função que ela brilha. A vírgula permite que o leitor tome fôlego (como faria se estivesse lendo em voz alta), além de impedir que uma frase longa seja lida como fluxo de consciência. Por exemplo, leia em voz alta o seguinte período:

> Ele ergueu o rifle armou-o ajeitou o pescoço e mirou o cervo mas quando ia puxar o gatilho sua mão começou de novo a tremer assim como vinha tremendo todos os dias havia duas semanas talvez três ele não sabia ao certo.

Sem conseguir dar pausa, o leitor vai ganhando impulso até se chocar contra o ponto final. Isso equivale a respirar fundo e ver o quanto é possível falar até perder o fôlego. Os períodos não devem ser lidos assim e não devem ser escritos assim. Algumas vírgulas, no entanto, são capazes de transformar a experiência da leitura.

Ele ergueu o rifle, armou-o, ajeitou o pescoço e mirou o cervo, mas, quando ia puxar o gatilho, sua mão começou de novo a tremer, assim como vinha tremendo todos os dias havia duas semanas, talvez três, ele não sabia ao certo.

• A vírgula pode ser usada para indicar a passagem do tempo, principalmente em textos criativos. Esse é um recurso que raramente vejo bem empregado. Vejamos:

John refletiu sobre isso e disse...

Embora seja uma frase tecnicamente correta, não percebemos a pausa entre o pensar e o falar de John. Mas se colocarmos uma vírgula:

John refletiu sobre isso, e disse...

Agora percebemos o momento. É sutil, mas uma vírgula bem colocada proporciona à cena um tempo adicional que faz a diferença, atuando no subconsciente do leitor.

Examinemos o exemplo seguinte, extraído do conto "Blood-Burning Moon" [A lua do sangue ardente], de Jean Toomer:

Das paredes de sustentação, das tábuas podres do soalho, das sólidas vigas de carvalho talhadas a mão da fábrica de algodão do pré-guerra, subia o crepúsculo.

No exemplo acima, as vírgulas, sobretudo por delimitar expressões tão longas, realmente nos levam a fazer uma pausa, nos fazem sentir a paciente aproximação do crepúsculo.

Lynne Truss ilustra isso por meio de um pertinente episódio citado em *Eats, Shoots & Leaves*: "Um correspondente certa vez perguntou a Thurber: Por que você pôs uma vírgula na frase 'Depois do jantar, os homens foram para a sala'?" A resposta provavelmente foi uma das coisas mais adoráveis já ditas a respeito da pontuação. "Essa vírgula", explicou Thurber, "foi o jeito que Ross encontrou para dar aos homens tempo de afastar as cadeiras e levantar-se."

• A vírgula pode alterar o próprio sentido da frase. Vejamos:

As janelas de vidro temperado estão resistindo bem.
As janelas, de vidro temperado, estão resistindo bem.

Da leitura da última frase, entende-se que as janelas estão resistindo bem *por causa* do vidro temperado. Da leitura da primeira, pode-se entender que as janelas, que são de vidro temperado, estão resistindo bem por motivos não mencionados explicitamente. Todo o sentido da frase pode mudar com a simples colocação de vírgulas.

• A vírgula pode ser usada para destacar uma expressão ou uma ideia, para pôr em evidência algo que, de outro modo, poderia se perder no meio da frase. Veja:

Remédios e boa alimentação associados a exercícios contribuem para uma vida saudável.

Remédios e boa alimentação, associados a exercícios, contribuem para uma vida saudável.

No último exemplo, as vírgulas nos forçam a fazer uma pausa antes e depois de "associados a exercícios", reforçando e enfatizando uma informação que, de outro modo, poderia passar despercebido.

• A vírgula pode ser usada para maximizar a economia de palavras. Colocada no lugar certo, ela permite a supressão de palavras. Por exemplo:

Eu gostava de chocolate, e ela gostava de baunilha.
Eu gostava de chocolate, ela, de baunilha.

Em suma, há tantos modos criativos de empregar a vírgula, tantas formas pelas quais ela pode enriquecer um texto, que pode ser prejudicial *não* usá-la. Assim como seu primo, o ponto final, a vírgula é um dos poucos sinais de pontuação que devem ser usados ao longo de todo o texto.

Agora vejamos o emprego da vírgula no texto de um mestre. Joseph Conrad, em *Coração das trevas*, recorre à vírgula para criar um cenário notável.

Uma rua estreita e deserta mergulhada em sombras, casas altas, inúmeras janelas com venezianas, um silêncio de morte, ervas crescendo entre as pedras, imponentes arcadas à direita e à esquerda, portas duplas imensas, entreabertas, a erguer-se pesadamente.

É espantoso o que o autor consegue realizar em um período com o uso de vírgulas. Ele criou todo um cenário. Cada vírgula serve não só para aumentar a lista, como também para separar, dando-nos tempo de ponderar cada aspecto do cenário. Ao colocar essa informação toda dentro de um único período, dividido apenas por vírgulas, Conrad convida-nos a apreciar todo o cenário como uma ideia única, a perceber em uma imagem contínua o aspecto geral desse lugar desolado.

Eis um outro exemplo, extraído da frase de abertura do romance *Desonra*, de J. M. Coetzee:

Para um homem de sua idade, cinquenta e dois anos, divorciado, ele tinha, em sua opinião, resolvido muito bem o problema do sexo.

Esse exemplo é apresentado por sugestão do romancista americano Paul Cody. Eis sua análise: "É uma frase aparentemente simples, dividida em seis partes apenas por meio de vírgulas. A linguagem é econômica, mas o emprego das vírgulas dota a frase de grande força e ironia. O leitor precisa fazer cinco pausas, o que leva à ideia de que o homem em questão é um controlador compulsivo, tem tudo organizado, tudo planejado. No entanto, cada parte da frase contradiz o que está sendo dito. Sabemos que ele não conseguiu nada, não entende coisa alguma de sexo, de amor, do coração humano. E cada vírgula a assinalar uma pausa é um prego no caixão dessa alma, o caixão de seu isolamento."

James Baldwin emprega intensamente a vírgula em seu conto "Sonny's Blues" [O *blues* de Sonny]:

Li isso no jornal, no metrô, a caminho do trabalho. Li, não pude acreditar, li de novo. Depois, fixei-me talvez no papel que trazia seu nome, que trazia aquela notícia. Fitei-o sob as luzes oscilantes do vagão, em meio aos rostos e corpos das pessoas, e meu próprio rosto, presos que estávamos na escuridão que rugia lá fora.

O emprego abundante de vírgulas aí reflete a experiência do narrador enquanto lê o mencionado texto, reflete o choque provocado pela leitura da notícia e a necessidade de diversas pausas para que ele assimile tudo. Já John Cheever emprega a vírgula para obter um efeito diferente em seu conto "The Enormous Radio" [O rádio enorme]:

> Jim e Irene Westcott eram o tipo de gente que parecia ter atingido aquele nível satisfatório de renda, realização e respeitabilidade encontrado nos relatórios estatísticos de boletins sobre ex-alunos de uma faculdade. Tinham dois filhos pequenos, estavam casados havia nove anos, moravam no décimo segundo andar de um edifício perto de Sutton Place, iam ao teatro cerca de 10,3 vezes ao ano e esperavam um dia viver em Westchester.

As vírgulas no exemplo acima dão-nos a sensação de estar lendo uma lista de compras. Só que essa lista se refere à vida do casal, planejada com bastante perfeição, bastante método. As vírgulas sutilmente sugerem isso.

Na história "What I Know" [O que eu sei], Victoria Lancelotta usa a vírgula para reforçar o conteúdo:

> É um ar que gruda, um ar que a gente quer arrancar de si, remover da pele, ou esfregá-lo com força sob a água corrente para que volte ao lugar a que certamente pertence, pois ninguém pode respirar um ar desses. A gente pode morrer, afogar-se, tentando respirá-lo.

Quase nos sentimos sufocar, afogar, em meio às vírgulas desse texto, sensação que corresponde exatamente ao ar que a autora procura descrever.

T. S. Eliot abre um de seus grandes poemas, "The Waste Land" [A terra deserta], com uma frase repleta de vírgulas.

> Abril é o mais cruel dos meses, fazendo brotar
> Lilases na terra morta, misturando
> Lembrança e desejo, avivando
> Raízes inertes com a chuva da primavera.

Eliot poderia ter optado por separar cada uma dessas imagens em uma frase diferente, mas preferiu mantê-las juntas em uma frase longa ligada por vírgulas. Ao fazer isso, ele nos força a apreender a imagem do mês de abril em uma ideia longa, a fim de expressar a crueldade de que fala o primeiro verso.

Talvez por esse motivo, por sua propriedade de juntar várias imagens em uma só ideia, a vírgula seja frequentemente usada na literatura para apresentar uma personagem. Observe o seguinte exemplo extraído de "Leaving the Yellow House" [Deixando a casa amarela], de Saul Bellow:

> Não dava para não gostar de Hattie. Ela era grande, alegre, rechonchuda, engraçada, gabarola, de costas largas e arredondadas, pernas rijas e um tanto longas.

E também este, extraído de "The Linden Tree" [A árvore tília], de Ella Leffland.

> Giulio era um grande desocupado. Sempre era visto varrendo a entrada da casa, polindo maçanetas ou parando para tagarelar com os vizinhos. Era um homem pequeno, enrugado, de sessenta e oito anos, inteiramente calvo, vestia calças pesadas, camisas esportivas com gravata e um casaco marrom que chegava até os joelhos.

As vírgulas nos dois exemplos acima ajudam o leitor a apreender de uma só vez as características da personagem, como se a tivesse visto pessoalmente. Note também a variação de estilo: os dois exemplos começam com frases curtas, sem vírgulas, e terminam com frases longas, repletas de vírgulas. Além de contribuir para criar contraste, variar o ritmo e o estilo, isso também demonstra que o autor emprega as vírgulas deliberadamente.

> *É seguro afirmar que um ajuntamento de vírgulas (a não ser em certas ocasiões legítimas, como uma lista) é uma circunstância suspeita.*
>
> H. W. e F. G. Fowler, *The King's English*

## O PERIGO DO USO EXCESSIVO

A frequente necessidade do uso da vírgula leva os escritores a utilizá-la de forma inadequada, mais do que qualquer outro sinal de pontuação. O ponto final tem mais sorte sob esse aspecto, já que aparece com menos frequência e é menos aberto a interpretações. O dois-pontos, o ponto e vírgula e o travessão também têm sorte, pois podem facilmente se ausentar de muitos textos, e por isso estão menos sujeitos ao uso indevido. A vírgula, porém, precisa ser usada – e com frequência –, e isso, com o fato de suas regras serem imprecisas, faz dela a maior vítima do uso incorreto. O principal equívoco dos escritores é usar a vírgula *excessivamente*.

Se há algo pior do que um texto ao qual faltem vírgulas é um que emperra por seu uso exagerado. "Qualquer um que colocar muitas vírgulas próximas umas das outras deve reconhecer que está se tornando desagradável e questionar suas ideias tão rigorosamente quanto deveria fazer em relação a uma conduta desagradável na vida real", disseram os irmãos Fowler em *The King's English* [O inglês do rei], em 1905. Essa afirmação talvez seja um tanto exagerada, mas tem o mérito de admitir o problema.

O excesso de vírgulas pode causar muitos inconvenientes:

- Quando há excesso de vírgulas, a frase se torna arrastada, dá ao leitor a sensação de atolar-se em areia movediça. Por exemplo:

> A florista, a de cabelos ruivos, aquela que é dona da única floricultura da cidade, bem na esquina da minha casa, estava fazendo uma liquidação, ao menos em parte, de suas árvores, que estavam meio mortas, e além disso um tanto caras.

É desagradável ao leitor ter de parar várias vezes antes do fim de uma única frase. A maior preocupação do escritor é manter o leitor virando as páginas; assim, você precisa ter nítida consciência de quando está desacelerando o ritmo, e somente desacelerar por um bom motivo. Isso é especialmente válido quando se está em um ponto da obra que requer andamento rápido, como, por exemplo, uma cena de ação.

• A vírgula dá pausa, qualifica ou divide uma ideia, mas, se empregada com frequência excessiva, a ideia principal pode se perder. Por exemplo:

> Podemos tomar o sorvete, sorvete aerado de baunilha, com cobertura adicional, cerejas em cima, chantili e calda quente, na sala de estar.

A ideia principal nesse exemplo é a de que o sorvete poderia ser tomado na sala de estar. No entanto, com tantos apartes, essa ideia quase se perde. O excesso de vírgulas desvia a atenção.

> Pode-se afirmar, por assim dizer, que, dado o contexto do império grego, e o contexto mundial, Alexandre, considerando-se a época em que viveu, foi um grande guerreiro.

O emprego da vírgula costuma ser frequente quando se trata de qualificar, como no exemplo acima. Quando tudo está qualificado, cria-se uma impressão de morosidade, de falta de confiança, no texto, como se o autor tivesse receio de dizer o que quer. Os acadêmicos, principalmente, caem muitas vezes nessa armadilha. Se removermos as qualificações (e as vírgulas que elas exigem), o texto se torna mais assertivo e sucinto:

> Alexandre foi um grande guerreiro.

Agora uma posição foi tomada, e o leitor vai admirar tal atitude, não importa se a posição está certa ou errada. O leitor quer argumentos fortes, opiniões fortes; não gosta de escritores que ficam em cima do muro. Há vantagem em sustentar uma ideia – principalmente uma ideia complicada – sem interrupção.

• Às vezes as vírgulas são simplesmente desnecessárias. Algumas frases funcionam com vírgula, mas também podem funcionar sem ela. Nesse caso, é sempre preferível omiti-la. Por exemplo:

> Ele me disse que, se eu trabalhasse bastante, me daria folga no sábado.
> Ele me disse que me daria folga no sábado se eu trabalhasse bastante.

Nenhuma das duas formas é a "certa". Depende da intenção: se você realmente sentir a necessidade de enfatizar a informação "trabalhar bastante", então será preciso empregar vírgulas. Caso contrário, elas podem ser removidas. Na escrita, menos é mais, e não se deve desacelerar o ritmo a não ser que isso seja realmente necessário.

## COMO MINIMIZAR O USO

A vírgula é usada com tanta frequência que sua *omissão* é uma manifestação de estilo. Escritores como Gertrude Stein e Cormac McCarthy são conhecidos por evitá-la, e há até mesmo obras que não usaram uma vírgula sequer, como *True History of the Kelly Gang* [*A verdadeira história do bando de Ned Kelly*], de Peter Carey, que ganhou o Booker Prize de 2001. Por que alguns escritores optam por ignorar a útil vírgula? O que se ganha com isso?

Os motivos para o uso mínimo da vírgula são em grande parte semelhantes aos motivos para não usá-la em excesso. Há, no entanto, uma diferença sutil entre não empregá-la de modo excessivo e minimizar seu uso. No primeiro caso, o escritor quer evitar ou contornar um problema; no segundo, busca deliberadamente produzir algo de determinado modo. As vantagens obtidas serão bastante próximas uma da outra, mas há diferentes motivos e abordagens para cada um desses procedimentos.

• O escritor pode evitar o uso de vírgulas a fim de acelerar o ritmo, especialmente em um trecho em que o texto se torna lento. A ausência de vírgulas torna o texto mais fluido. Ele fica mais ágil, e, em alguns casos, isso é necessário.

• Há ocasiões em que se pretende que a frase seja lida como uma ideia única e ininterrupta. Nesse caso, a remoção da vírgula produz o efeito desejado:

> Examinei o filtro, troquei a água, apertei o botão três vezes, e a maldita coisa continuou sem funcionar.
>
> Examinei o filtro e troquei a água e apertei o botão três vezes e a maldita coisa continuou sem funcionar.

Os dois períodos são aceitáveis, mas produzem efeitos diversos. O último é lido de um só fôlego, e o escritor pode querer esse efeito a fim de indicar a exasperação do narrador, a necessidade de falar tudo em um jato. É uma decisão estilística.

• A mesma coisa vale para o diálogo, onde o impacto da vírgula é ainda mais forte. Podem-se, por exemplo, omitir as vírgulas em um diálogo para indicar uma fala sem pausa para a respiração, ou uma fala apressada. Vejamos:

> Vire à direita em Piccadilly e à esquerda em Regent Street e de novo à esquerda em Oxford Street e pise fundo porque já estou atrasado dez minutos.

Esse recurso também pode ser usado para indicar um diálogo exaltado, a fala de alguém que, por exemplo, não quer dar a palavra a outra pessoa. Também pode ser usado para indicar uma pessoa distraída, ou alguém que não presta atenção e vai falando sem pensar.

• A omissão das vírgulas pode contribuir para a impressão de fluxo de consciência.

Quando se lê uma frase longa e fluente como esta sem vírgulas tem-se a sensação de falar tudo sem pensar e é justamente isso o que querem os escritores ao empregar o fluxo de consciência ao criarem suas obras com o que consideram uma espécie de espontaneidade calculada.

A pausa é sinônimo de reflexão e cálculo; não é, portanto, de surpreender que a marca registrada do fluxo de consciência no texto seja a escassez de vírgulas.

• A vírgula também costuma ser omitida para que se possa deliberadamente passar por alto de algum ponto importante. Alguns escritores gostam de dar trabalho ao leitor, e não de facilitar a leitura; para eles é um prazer forçar o leitor a decifrar o texto. Um modo de fazer isso é mencionar algo importante *a posteriori*, talvez em meio a informações irrelevantes. Certos escritores costumam criar períodos que, lidos tarde da noite, podem passar despercebidos. Soltam assim suas bombas e seguem adiante; a história muda, o leitor não sabe por que e precisa voltar atrás para reler. É a abordagem da atenuação, a antirrevelação. Esse resultado pode ser facilmente obtido com a inserção de algum dado importante em uma frase desprovida de vírgulas.

Examinemos alguns exemplos extraídos da literatura. No conto "Kew Gardens" [Jardins de Kew], Virginia Woolf omite intencionalmente as vírgulas ao descrever um canteiro de flores.

> Do canteiro oval erguia-se talvez uma centena de talos que se espalhavam a meia altura entre as folhas em forma de coração ou de língua e revelavam nas pontas pétalas vermelhas ou azuis ou amarelas com manchas coloridas que se avistavam na superfície...

Trata-se de um texto estilizado, de difícil digestão para a maioria dos leitores; mas Woolf deve ter sentido que o recurso reforçava seu intento, ou ela não teria escolhido omitir as vírgulas. Pode-se dizer que a omissão das vírgulas nesse exemplo permite ao leitor captar de um só fôlego toda a beleza do canteiro descrito.

Em um de seus mais famosos poemas, "Soneto 43", Elizabeth Barrett Browning evita as vírgulas, obtendo com isso um grande efeito:

> De quantos modos eu te amo? Deixe-me contar.
> Eu te amo com a profundidade e a largura e a altura
> Que minha alma pode alcançar quando se sente imersa
> Nos confins do Ser e da suprema Graça.

As palavras "profundidade", "largura" e altura" poderiam vir separadas por vírgulas, mas, ao omitir essas vírgulas, Barrett Browning nos força a considerar as três palavras de um fôlego só, como que para enfatizar a ideia de que não há limite nem pausa para seu amor. Note também a variação de estilo: ela começa com duas frases curtas; a primeira termina com um ponto de interrogação; a segunda, com um ponto final. Em seguida, vem uma frase longa. Essa variedade proporciona um clímax que de outro modo não haveria (veremos mais a esse respeito no capítulo "Sinfonia").

## O PERIGO DO USO INSUFICIENTE

Todo ganho traz consigo um risco potencial. Quando se exagera na omissão das vírgulas, corre-se outros perigos e, em situação extrema, volta-se aos mesmos problemas que exigia o emprego da vírgula. Algumas possíveis armadilhas:

• O mais comum desses problemas é que uma frase sem vírgulas pode dificultar a compreensão. A principal função da vírgula é esclarecer, e, quando faltam vírgulas, o leitor pode ter dificuldade para saber onde uma oração termina e outra começa. Seria então forçado a reler o texto, a fazer um esforço adicional para descobrir onde deveriam estar as pausas.

> Com três parafusos duas chaves de fenda um martelo e uma caixa de pregos fomos até a loja do tio Harry para ver o que poderíamos fazer com o velho BMW vermelho.

Ao sentir-se como que aspirado por um buraco negro gramatical, o leitor poderia desistir da leitura, julgando que o esforço adicional não valeria a pena.

• Todo período tem um certo ritmo, um certo "fluxo". Ao ler um período em voz alta, o leitor naturalmente percebe onde a pausa deve acontecer. As vírgulas são a versão impressa dessa pausa; elas desaceleram o andamento do texto, sugerem uma pausa quando necessário. Sua remoção pode lançar o leitor em uma queda livre; ele percebe que há algo errado, mas não consegue parar até se chocar de cabeça contra o ponto final. Nesse caso, o ritmo do período fica arruinado, e, com maior ou menor intensidade, o leitor percebe isso. Por exemplo:

> Ela deixou a janela aberta embora eu lhe tivesse dito que fechasse e o ar frio fez o velho termômetro que já não funcionava direito cair vertiginosamente passando a marcar 4 graus e fazendo a conta de gás que já era alta ultrapassar 500 libras em três meses.

• As pausas podem ser necessárias no meio de um diálogo. Sem as vírgulas, parece que a personagem fala sem tomar fôlego, o que pode levar a uma interpretação diferente da que se pretendia. É preciso considerar cuidadosamente o tempo do diálogo. Por exemplo:

> Se você quer que eu vá, quer mesmo, irei com prazer.
> Se você quer que eu vá quer mesmo irei com prazer.

Em se tratando de diálogo, nenhum dos dois exemplos é "incorreto". Depende de como o autor quer expressar o padrão de fala de suas personagens. O primeiro exemplo seria a forma mais natural. Já o último seria bem estilizado, indicaria uma fala um tanto incomum, sugerindo que tudo é dito de um fôlego só – o que não é problema algum, desde que deliberado. O problema surge quando não é algo deliberado, quando o escritor omite as vírgulas pelo simples fato de não ter um bom ouvido para as pausas dentro do diálogo.

• Quando se quer expressar mais de uma ideia significativa em um período, sem o emprego de vírgulas para separá-las, corre-se o risco – ainda que não haja erro gramatical – de as ideias se confundirem e o leitor deixar escapá-las. Vejamos:

> A música exerceu um profundo efeito sobre mim e os assentos me deram uma perspectiva inteiramente nova do teatro.
> A música exerceu um profundo efeito sobre mim, e os assentos me deram uma perspectiva inteiramente nova do teatro.

Os dois exemplos são aceitáveis e estão gramaticalmente corretos. No primeiro deles, sem a vírgula, corre-se o risco de o leitor minimizar o efeito que a música exerceu sobre o narrador. Já no segundo, a vírgula induz o leitor a uma pausa, levando-o a considerar o efeito produzido pela música.

• Sem o emprego de vírgulas, um aparte ou uma informação pode passar praticamente despercebida:

> Ela disse que se nevar virá me ajudar a acender o fogo na lareira.
> Ela disse que, se nevar, virá me ajudar a acender o fogo na lareira.

No último exemplo, fica claro que ela somente virá se nevar. No segundo, a condição "se nevar" não aparece entre vírgulas, de modo que o leitor não dará pausa nem antes nem depois da oração. Há uma grande probabilidade de que o leitor – principalmente se estiver cansado – ignore a condição mencionada. É o escritor quem decide se vale a pena correr o risco.

• Um período pode ser perfeitamente aceitável sem vírgulas, mas a intenção pode ficar ambígua. A inserção de vírgulas pode alterar o significado. Vejamos:

> Em 16 dias, os rebeldes estarão aqui e estaremos prontos para lutar.
> Em 16 dias os rebeldes estarão aqui, e estaremos prontos para lutar.

O efeito é sutil. No primeiro exemplo, a intenção é apresentar um resumo do que vai acontecer em 16 dias. No segundo, a ênfase vai para o fato de que haverá luta (mesmo que antes tivesse havido dúvida quanto a isso). Algo aparentemente insignificante como uma vírgula pode fazer toda a diferença.

Ao usar o ponto e vírgula, é preciso verificar se as frases têm uma relação próxima. Caso contrário, não se deve usá-lo. Mesmo que as duas frases estejam relacionadas, na maioria dos casos é preferível não ligá-las por ponto e vírgula. Às vezes, as ideias precisam aparecer separadamente, porque assim serão mais bem assimiladas. Isto é particularmente válido quando o leitor precisa de tempo para ponderar cada ideia.

• Às vezes as frases ligadas por ponto e vírgula se relacionam entre si de modo muito próximo; isto é, às vezes o ponto e vírgula é usado em situações em que uma simples vírgula bastaria. Por exemplo:

> Os jardineiros trabalharam o dia inteiro; suas máquinas fizeram barulho o tempo todo.

Melhor seria:

> Os jardineiros trabalharam o dia inteiro, suas máquinas fizeram barulho o tempo todo.

Não há dúvida quanto à necessidade de pausa entre as duas orações – a questão é saber qual deve ser a intensidade dessa pausa. Nesse último exemplo, como as orações têm uma relação muito próxima, é o caso de usar a vírgula. Isto é particularmente válido quando se trata de uma série de frases curtas.

• Na maioria dos casos, deve-se evitar ligar duas frases longas (ou independentes) por meio de ponto e vírgula. Este favorece a expressão de uma ideia mais densa e complexa, mas, quando essa ideia já é densa (ou independente) corre-se o risco de sobrecarregá-la com uma ideia adicional. Pausas acentuadas viriam então a calhar, permitindo a separação entre ideias. O ponto e vírgula não deve romper essa barreira a menos que haja um bom motivo para isso. Eis o caso de duas frases completas:

> A cerca da vizinha era roxa, horrorosa, e caía a cada inverno, invadindo minha propriedade. Ela a erguera com as próprias mãos e vivia me lembrando disso.

> *O uso de vírgulas não pode ser aprendido por meio de regras. Não só a prática convencional varia de uma época para outra, como há bons escritores contemporâneos que divergem entre si... O uso correto da vírgula – se é que há um uso "correto" – somente pode ser dominado pelo bom senso, pela observação e pelo bom gosto.*
>
> Sir Ernest Gowers

**CONTEXTO**

Nenhum sinal de pontuação atua sozinho; sempre que você decidir empregar um deles – especialmente a vírgula, que muitas vezes permite escolher entre inseri-la ou omiti-la –, é preciso levar em conta o efeito que ela produz em relação aos sinais anteriores ou seguintes. Por exemplo, o uso da vírgula diminui o efeito do ponto final e do ponto e vírgula, roubando a cena. Ao desacelerar o ritmo de leitura, ela reduz o impacto do ponto final.

Na frase a seguir, por exemplo, a presença das vírgulas enfraquece drasticamente o poder do ponto final.

> Fui ao médico, o médico da esquina, só para uma consulta rápida, a caminho do trabalho.

Mas no período a seguir, sendo o único sinal de pontuação presente, adquire grande força:

> Fui ao médico a caminho do trabalho.

A vírgula também tira a força da pausa assinalada pelo ponto e vírgula, tornando-o quase supérfluo:

> Para mim é difícil dizer, mas, depois de ter refletido bastante no fim de semana, eu me dei conta, espontaneamente, de que sempre soube a resposta, e a resposta é que eu a amo, de verdade; mas isso não significa que ela se casará comigo.

Mas em um período como o seguinte, o ponto e vírgula exibe toda a sua força:

> Eu a amo; mas isso não significa que ela se casará comigo.

É claro que nos exemplos acima o conteúdo também mudou radicalmente, e assim começamos a perceber que pontuação e conteúdo estão intrinsecamente ligados: certos conteúdos não são possíveis com certos sinais de pontuação, e certos sinais de pontuação prestam-se a determinados conteúdos. Por exemplo, é difícil encher de vírgulas um período curto. Às vezes, ao reduzir o número de vírgulas, o autor do texto se vê modificando o próprio conteúdo da frase.

Nos exemplos acima, tudo depende da intenção. Se você estiver mais interessado no impacto da vírgula do que no do ponto final e do ponto e vírgula, mantenha a vírgula. O que importa é fazer a escolha deliberadamente.

Também é preciso levar em conta a coerência estilística. É sempre preferível apresentar ao leitor um trajeto sem tropeços, e isso significa não redigir frases repletas de vírgulas e outras sem vírgulas. Deve-se estabelecer um estilo e ater-se a ele o máximo possível. Vejamos:

> Entramos na floresta. Não tínhamos ido longe e já estávamos perdidos. Eu sabia que isso iria acontecer. Ele estava errado de novo, sempre estava, dessa vez eu tinha a prova, e não o deixaria esquecer isso, principalmente da próxima vez que ele quisesse bancar o sabichão.

Nota-se que o período final, repleto de vírgulas, ao contrário dos outros, se destaca, destoa no contexto do parágrafo.

Este é um exemplo extremo. Mais sutil é a proporção de vírgulas nos períodos. A não ser por um bom motivo, o número de vírgulas não deve, por exemplo, saltar aleatoriamente de dois para oito (supondo que os períodos tenham aproximadamente a mesma extensão, com respeito tanto ao número de palavras quanto ao de orações). Os leitores captam tudo. A colocação irregular das vírgulas será registrada e prejudicará o ritmo.

É claro que, uma vez dominada essa regra, é possível quebrá-la e desafiar deliberadamente a harmonia. Aliás, haverá momentos em que você vai querer se afastar da uniformidade a fim de obter determinado efeito. Por exemplo:

> Ela pensou que poderia cultivar uma laranjeira e, quando metia uma ideia na cabeça, nada a detinha. Então plantou a laranjeira no quintal naquele mesmo dia, sorrindo como uma idiota, ansiando por atenção como de costume. Como eu a odiava.

Os dois primeiros períodos têm duas vírgulas, enquanto o último, nenhuma. Note o contraste, o impacto. A ausência de vírgulas assinala ao leitor que a frase final é diferente das outras, e mais significativa. Note ainda que a extensão do período também muda: o número de vírgulas presentes (ou ausentes) frequentemente exerce influência direta na extensão do período.

Mais sutil ainda do que o número de vírgulas por frase é o *lugar* onde a vírgula é colocada – ou seja, a extensão das locuções que ela isola. Certos autores costumam fazer apartes ou digressões com poucas palavras, por exemplo:

> Fui ao teatro, o teatro novo, na esperança de encontrar alguma distração.

Há, porém, outros que se entregam a longos apartes e digressões:

> Fui ao teatro, aquela construção complexa recentemente erguida na esquina para o grande aborrecimento dos meus vizinhos, na esperança de encontrar alguma distração.

Os dois exemplos são aceitáveis, e cada período terá suas próprias exigências e exceções. Mas, de maneira geral, o escritor precisa estar consciente da colocação das vírgulas dentro do período e da extensão média das locuções, bem como dessa colocação em vista do contexto geral da obra.

## O QUE O USO DA VÍRGULA REVELA SOBRE O ESCRITOR

Os escritores que costumam abusar das vírgulas também abusam dos adjetivos e advérbios. Geralmente são repetitivos, pouco sutis, e colocam informações demais no texto. Preferem recorrer a uma multiplicidade de palavras em vez de escolher apenas uma que seja forte. Sua linguagem não será singular. As vírgulas são usadas para qualificar, dividir, dar pausa, e os escritores que com frequência lançam mão desse recurso costumam relutar em assumir uma postura clara. Mostram-se hesitantes. É possível que suas personagens tampouco se definam muito bem; seus enredos podem ser ambíguos. Para eles, será mais difícil criar efeitos dramáticos quando necessário; aliás, é menos provável que sejam dramáticos. Interessam-se por distinções minuciosas, de andamento lento, e tendem a escrever obras excessivamente longas. Escrevem pensando na crítica, temem ser censurados por omissão, em geral têm formação acadêmica (ou pelo menos muita leitura) e levam em consideração *muitos* pontos de vista. Esses escritores precisam simplificar o texto, assumir uma posição mais definida, entender que menos é mais.

Há dois tipos de escritores que minimizam o uso da vírgula: o primeiro inclui os escritores sem requinte, que não desenvolveram o senso de ritmo da frase. São incapazes de fazer distinções sutis e pensam que escrever é apenas transmitir informações. Precisam dedicar-

-se à leitura de escritores clássicos, principalmente poetas, a fim de treinar o ouvido para a melodia da linguagem. O segundo tipo é o dos escritores requintados que (como Gertrude Stein) têm aversão a vírgulas e deliberadamente fazem pouco uso delas. Há um grupo de escritores que se rebelam contra o uso excessivo de sinais de pontuação, e seu alvo predileto geralmente é a pobre vírgula. O perigo para esses escritores é o raro problema de superestimar o leitor.

A não ser que esteja acostumado a ler textos religiosos do século XII, o leitor quer ao menos *algumas* vírgulas, alguma indicação de pausa. Os sinais de pontuação – principalmente as vírgulas – são necessários para indicar fluxo e refluxo, pausas e tons, divisão de orações e unidades de sentido. Os escritores que ignoram tais coisas escrevem para si mesmos, sem levar em conta o leitor. Não serão escritores comerciais ou voltados para o enredo, mas sim para o texto em si, para as nuanças de estilo. Porém, de modo equivocado.

## EXERCÍCIOS DO CAPÍTULO

1) Escolha uma frase que possa parecer confusa ao leitor, ou talvez muito aberta a interpretações. (Caso não consiga encontrar, mostre seu texto para outros leitores e peça a eles que indiquem uma.) É possível acrescentar-lhe vírgulas para obter mais clareza? É possível aplicar esse princípio a outras frases do texto?

2) Escolha um trecho do seu texto em que o andamento pareça muito rápido, ou cheio de solavancos, ou que apresente uma série de frases curtas e pouco consistentes. (Caso não encontre tal trecho, mostre seu texto para outros leitores e peça a eles que indiquem um.) É possível conectar algumas dessas frases por meio de vírgula? É possível aplicar tal princípio a outras frases do texto?

3) Escolha um trecho do seu texto em que o andamento pareça muito lento, ou sobrecarregado, ou que apresente uma série de frases longas. (Caso não encontre tal trecho, mostre seu texto para outros leitores e peça a eles que indiquem um.) É possível retirar algumas vírgulas? É possível aplicar tal princípio a outras frases do texto?

4) Escolha uma cena que seja fundamental para as personagens, talvez uma em que elas estabeleçam um diálogo decisivo. Selecione um momento revelador, em que o andamento precise ser desacelerado e enfatizado o máximo possível, no qual cada palavra seja importante. É possível acrescentar alguma vírgula para ajudar a ressaltar algum ponto que você deseja que não escape ao leitor? É possível aplicar tal princípio a outras cenas do texto?

5) Escolha uma página do texto e retire todas as qualificações ou apartes, bem como as respectivas vírgulas. Para os escritores que raramente usam vírgulas, tal procedimento causará pouco impacto. Para os outros, fará uma enorme diferença. Feito isto, como fica seu texto? É possível aplicar tal princípio a outras frases do texto?

6) Comece um novo texto criativo. Escreva uma página inteira sem empregar uma única vírgula. Qual é o efeito produzido no texto? Na história? Na personagem? É possível aplicar isto em todo o texto?

7) Comece uma nova cena com duas personagens, dando a cada uma delas falas longas. Não use vírgula alguma. Como isso afeta o modo de falar das personagens? É possível aplicar esse recurso em todo o texto?

8) Primeiro passo: Escolha uma página do texto e conte o número de vírgulas por frase. Qual é a média? O número de vírgulas varia de uma frase a outra? Agora conte o total de vírgulas por página. Quantas são? Leia a página em voz alta. Fique atento à sonoridade.

9) Segundo passo: Duplique o número de vírgulas da página. Leia-a em voz alta. Como soa a leitura? Qual é a diferença em relação à leitura anterior?

10) Terceiro passo: Retire todas as vírgulas da página. Leia o texto em voz alta. Como soa a leitura? O que você aprendeu com esse exercício que pode ser aplicado ao texto todo?

# 3 O ponto e vírgula (a ponte)

*Quando o escritor se esforça para escrever para o leitor em vez de querer impressioná-lo, o ponto e vírgula pode parecer a melhor invenção dos gramáticos.*

John Trimble, *Writing With Style*

O ponto e vírgula encontra-se entre a vírgula e o ponto final. Indica uma pausa mais longa do que a vírgula, mas é um divisor mais fraco do que o ponto final. Não tem tantas funções quanto a vírgula, mas tem mais do que o ponto final. Como diz Eric Partridge em *You Have a Point There* [Você tem um ponto lá]: "Pela própria forma (;) [o ponto e vírgula] trai sua natureza dual: é ponto final e é vírgula." Assim, costuma ser considerado uma ponte entre dois mundos.

A função básica do ponto e vírgula é ligar duas frases completas (tematicamente semelhantes), transformando-as em uma só. No entanto, como e quando fazer isso fica aberto a interpretações. O ponto e vírgula já foi empregado com excessiva frequência (*To the Lighthouse* [Rumo ao farol], de Virginia Woolf) e até de maneira questionável (*Moby Dick*, de Hermann Melville), e tem sido objeto de interminável debate. Este decorre do fato de que, gramaticalmente, o ponto e vírgula nunca é *necessário*; duas frases curtas podem perfeitamente coexistir sem estarem ligadas. Já do ponto de vista artístico, ele abre um mundo de possibilidades e é capaz de produzir grande impacto, constituindo um sinal de pontuação muito adequado para escritores.

O ponto e vírgula é uma ferramenta poderosa no repertório do escritor. Talvez seja a mais elegante de todas as formas de pontuação (considerado "um cumprimento do autor para o leitor"), além de proporcionar uma excelente solução para equilibrar a extensão e o ritmo da frase. Tem sido, no entanto, frequentemente negligenciado pelos escritores de hoje. Portanto, neste capítulo, vamos nos concentrar em como – e por que – usá-lo. Vamos ver o que se ganha com sua presença e o que se perde quando ele não é convidado a participar da sinfonia da pontuação.

## COMO USÁ-LO

A primeira coisa a considerar é que sempre é possível *não* usar o ponto e vírgula. Sendo uma forma desnecessária de pontuação, um artigo de luxo, devemos perguntar: afinal, por que usá-lo?

Usamos o ponto e vírgula pelo mesmo motivo pelo qual trocamos por mármore o cimento do piso: o piso de cimento também é funcional, mas não tão elegante, não tão agradável, esteticamente, quanto o de mármore. O ponto e vírgula eleva a pontuação da categoria utilitária (a pontuação funcional) para a categoria de luxo (a pontuação que transcende). Os memorandos administrativos não precisam de ponto e vírgula. Os escritores, sim.

As funções do ponto e vírgula são todas essencialmente criativas e dependem da sensibilidade do escritor. Vejamos alguns usos:

- Para ligar duas frases estreitamente relacionadas. Às vezes a relação entre duas (ou mais) frases é tão próxima que é preferível não separá-las por ponto final; por outro lado, são tão independentes que precisam de uma separação maior do que aquela que a vírgula é capaz de oferecer. Por exemplo:

> Ele correu com a camisa em cima da cabeça. Tinha novamente esquecido o guarda-chuva.

Gramaticalmente, o exemplo acima está correto. As duas ideias apresentam, no entanto, uma relação tão próxima que não parece muito adequado mantê-las separadas. A vírgula não funcionaria no caso, pois são duas frases autônomas:

> Ele correu com a camisa em cima da cabeça, tinha novamente esquecido o guarda-chuva.

É necessário, portanto, um ponto e vírgula:

> Ele correu com a camisa em cima da cabeça; tinha novamente esquecido o guarda-chuva.

O ponto e vírgula proporciona um senso de ligação e, por outro lado, permite que as duas orações se mantenham independentes. Funciona em uma posição em que tanto a vírgula quanto o ponto final não funcionariam. Note que, por estarem as duas frases ligadas por ponto e vírgula, cada qual ajuda a compreender a outra. "Ele correu com a camisa em cima da cabeça" é uma frase tecnicamente completa e correta, mas um tanto enigmática se considerada em separado. A frase seguinte lhe traz vida.

Um outro exemplo:

> O vento derrubou duas árvores só na minha rua. A operação de limpeza seria árdua.

Novamente, a vírgula não vai funcionar, já que as duas orações são muito independentes:

> O vento derrubou duas árvores só na minha rua, a operação de limpeza seria árdua.

Usa-se, então, um ponto e vírgula:

> O vento derrubou duas árvores só na minha rua; a operação de limpeza seria árdua.

Observe que o primeiro exemplo é gramaticalmente aceitável. No entanto, o uso do ponto e vírgula estende a ideia e permite um período mais rico.

• Do ponto de vista estilístico, em um parágrafo repleto de frases curtas, o ponto e vírgula é capaz de suavizar o solavanco. A vírgula cumpre uma função semelhante, mas às vezes o ponto e vírgula é mais adequado, principalmente quando se deseja estabelecer uma relação entre orações independentes. O ponto e vírgula propicia a expressão de ideias mais curtas e completas sem o tranco produzido pelo ponto final. Vejamos:

> Ela não o sustentaria mais. Já era tempo de ele arranjar emprego. De outro modo, ele nunca sairia de casa. Viveria para sempre no ócio, se pudesse. Fora criado desse jeito. Por culpa do pai. Foram vinte anos para conseguir se livrar dele. Não haveria de passar por tudo de novo. O filho tinha dois anos. Depois disso, as fechaduras foram trocadas.

Essas frases curtas produzem um efeito de *staccato*, dão ao parágrafo um toque pueril. No entanto, se colocarmos um ponto e vírgula ou dois, o problema se resolve:

> Ela não o sustentaria mais. Já era tempo de ele arranjar emprego; de outro modo, nunca sairia de casa. Viveria para sempre no ócio, se pudesse. Fora criado desse jeito; por culpa do pai. Foram vinte anos para conseguir se livrar dele. Não haveria de passar por tudo de novo. O filho tinha dois anos. Depois disso, as fechaduras foram trocadas.

A segunda versão soa melhor, menos marcada do ponto de vista estilístico. Os pontos e vírgulas estenderam algumas frases e suavizaram o ritmo. Além disso, proporcionaram a variedade e o contraste tão necessários: em vez de um aglomerado de frases curtas, produziram uma mistura de frases curtas e longas, permitindo que cada uma se destacasse.

• O ponto e vírgula permite abranger em um único período uma ideia mais longa e complexa, oferecendo aos leitores a satisfação de digeri-la de uma vez só. Os leitores costumavam ter um espectro de atenção mais amplo, pois a norma prescrevia a redação de frases longas e complexas. Para os leitores de hoje, esse estilo seria considerado cansativo, quase acadêmico. Acredito, porém, que os leitores modernos têm capacidade, e até mesmo o desejo, de assimilar frases mais longas e complexas, desde que bem construídas do ponto de vista conceitual e rítmico; e que ofereçam pausas como as proporcionadas pelo ponto e vírgula. Mark Twain é conhecido pelo uso que fazia do ponto e vírgula. Eis um exemplo, extraído de seu conto "The Notorious Jumping Frog of Calaveras County" [O notório sapo saltador do condado de Calaveras]:

> Tenho a sorrateira suspeita de que Leonidas W. Smiley seja um mito; de que meu amigo nunca tenha conhecido tal personagem; de que ele apenas conjeturava que, se eu perguntasse ao velho Wheeler sobre ele, isso o faria se lembrar de seu infame Jim Smiley, e ele iria me aborrecer mortalmente com alguma exasperante recordação, tão longa e tediosa quanto inútil para mim.

Ao usar pontos e vírgulas, Mark Twain consegue veicular uma quantidade consideravelmente maior de informações dentro de um único período.

• O ponto e vírgula pode propiciar a economia de palavras, já que muitas vezes permite que algumas sejam omitidas. Por exemplo:

> Estava cansado de esperar por ela na plataforma gelada, de modo que tomei o trem seguinte.
>
> Estava cansado de esperar por ela na plataforma gelada; tomei o trem seguinte.

> Ela não podia dançar em seu salão predileto porque ele estava em reforma.
>
> Ela não podia dançar em seu salão predileto; ele estava em reforma.

Como diz John Trimble em *Writing With Style* [Escrevendo com estilo]: "O ponto e vírgula é eficiente: permite que sejam eliminadas muitas conjunções e preposições que obrigatoriamente acompanham a vírgula – tais como *enquanto*, *porque*, *pois*, *ou*, *visto que*, *e*".

Edgar Allan Poe costumava usar o ponto e vírgula com frequência e grande habilidade. Examinemos o seguinte trecho de seu conto "The Unparalleled Adventure of One Hans Pfaal" [A aventura incomparável de um Hans Pfaal]:

> Seus pés, é claro, não podiam ser vistos de modo algum. As mãos eram enormes. Os cabelos, grisalhos, presos atrás em uma trança. O nariz, prodigiosamente comprido, adunco, inflamado; os olhos, grandes, brilhantes, argutos; e o queixo e o rosto, embora vincados pela idade, eram grandes, rechonchudos, duplos; mas de orelhas não havia sinal que se avistasse em sua cabeça.

O ponto e vírgula no exemplo acima é bem empregado não só nas orações como também no contexto do parágrafo. Poe começa com frases simples, completas, usando apenas vírgulas e pontos finais ao descrever os pés, as mãos e os cabelos do homem. No entanto, quando passa a descrever o rosto, muda para o ponto e vírgula. Não é por acaso. O ritmo então aumenta, como se ele quisesse acelerar a descrição da personagem e correr para a conclusão. Assim, o leitor pode captar de uma vez só o rosto do homem, como uma grande unidade (contrastando com os pés, as mãos e os cabelos, descritos cada um em uma frase).

Eis outro exemplo, talvez um dos mais famosos da literatura, extraído do parágrafo de abertura de *Moby Dick*, de Melville. Este recorreu muito ao ponto e vírgula para criar *Moby Dick*, e há quem pense que nem sempre ele o usou de modo adequado. É certo que às vezes o usou de maneira questionável. Aqui, porém, não é o caso:

> Sempre que sinto a boca contrair-se de desgosto; sempre que em minha alma há um novembro úmido e chuvoso; sempre que me vejo parando sem querer diante das casas funerárias ou formando fila em qualquer enterro; e, principalmente, sempre que a hipocondria me domina de tal forma que é preciso um vigoroso princípio moral para impedir-me de sair decidido à rua e metodicamente atirar ao chão os chapéus dos transeuntes – então me dou conta de que chegou a hora de eu ir o quanto antes para o mar.

Esse período condensa todas as razões em que se baseia o livro, em que se baseia a aventura a que se lança Ismael. Melville poderia aí ter usado vírgulas, mas nesse caso as pausas não seriam tão longas, e o leitor não teria a oportunidade de assimilar cada ideia. Ou poderia, alternadamente, ter usado pontos finais; mas então as pausas seriam muito longas, e o leitor não captaria tudo como uma ideia única. O ponto e vírgula permite que o leitor dê a pausa e, além disso, cria tensão, capturando a tensão do próprio Ismael, seu sentimento de crescente inquietação e sua necessidade de entrar em um navio.

> *Às vezes vislumbramos a presença de um ponto e vírgula algumas linhas adiante, e é como, ao subir um caminho íngreme no bosque, avistar um banco de madeira em uma curva mais à frente, em um lugar onde podemos sentar por um momento e tomar fôlego.*
>
> Lewis Thomas

**O PERIGO DO USO EXCESSIVO E INADEQUADO**

O ponto e vírgula é pouco usado porque muitos escritores não sabem usá-lo bem. Têm alguma ideia de sua função, mas não uma ideia exata, e, quando dão os primeiros passos para usá-lo, em geral fazem isto de modo incorreto. O problema, em parte, é que a colocação do ponto e vírgula, como a da vírgula, é controversa; e, em muitas circunstâncias, pode-se facilmente argumentar em favor da omissão.

Há, porém, certos casos em que o ponto e vírgula é claramente mal usado. Eis os mais comuns:

• O ponto e vírgula só deve ser usado para ligar duas frases que estejam proximamente relacionadas. O exemplo seguinte pode funcionar:

A delegacia ficava perto da casa dele; ele tinha que tomar cuidado.

Mas não neste caso:

A delegacia ficava perto da casa dele; ele tinha que mandar a roupa para a lavanderia.

As duas frases já trazem informações suficientes sem estarem unidas, e não deveriam vir ligadas, como no exemplo a seguir:

> A cerca da vizinha era roxa, horrorosa, e caía a cada inverno, invadindo minha propriedade; ela a erguera com as próprias mãos e vivia me lembrando disso.

Isso sobrecarrega o leitor. Embora funcione do ponto de vista técnico, torna as ideias pesadas, dificultando a plena assimilação de cada uma delas. Às vezes, a separação é mesmo necessária.

• Quando se adquire o hábito de usar o ponto e vírgula, pode-se facilmente passar a ligar tudo, a ponto de isso se tornar um vício. Há um perigo real de se começar a usar o ponto e vírgula a torto e a direito, mesmo quando não é necessário. Considerando-se que quase todas as frases completas (desde que relacionadas) podem ser unidas, não há limites para o emprego do ponto e vírgula. Quando os escritores começam a usá-lo regularmente, pode ser difícil parar, e é possível que nunca mais voltem a ver um par de frases como antes. Vejamos:

> O telefone estava de novo sem linha; a companhia telefônica havia dito que a linha voltaria até a manhã de hoje; informação errada, de novo; desta vez não vou deixar tudo por isso mesmo.

Essas ligações dão a ilusão de que é possível pensar com meias ideias – no lugar de ideias plenamente desenvolvidas – e podem destruir o estilo de um texto. É bom lembrar que pontos finais e vírgulas existem e desempenham bem suas funções.

Um outro problema decorrente do abuso do ponto e vírgula é que se pode criar a sensação de formalidade excessiva. O ponto e vírgula é um sinal de pontuação sofisticado e, usado em demasia, pode parecer exibicionismo ou elitismo. "Os bons estilistas tentam evitá-lo [o ponto e vírgula] por considerá-lo muito formal, uma espécie de traje a rigor", diz Rene L. Cappon em *The Associated Press Guide to Punctuation* [Guia da Associated Press para pontuação]. Isso não significa que não se possa usá-lo – apenas que deve ser reservado para a ocasião certa.

• As frases têm início, meio e fim. Quando o ponto e vírgula é empregado em excesso, a modulação e o ritmo naturais da frase podem se perder. Por exemplo, a frase seguinte mostra-se perfeitamente adequada:

> O sol batia na parede, e protegi meus olhos do clarão.

Agora vejamos como fica com o ponto e vírgula:

> O sol batia na parede; protegi meus olhos do clarão.

Embora aceitável, não soa muito bem. Mais parece uma ideia dividida do que duas ideias distintas. Nenhuma das duas orações apresenta modulação natural.

• As pausas longas são eficazes para criar impacto, principalmente no final de frases curtas. O ponto e vírgula, no entanto, raramente produz esse resultado, já que não indica uma pausa completa. Às vezes, o efeito da pausa completa é necessário. No exemplo a seguir, não se nota o impacto da oração final:

> O ônibus me deixou no ponto errado pela terceira vez esta semana; isso não vai acontecer de novo.

Mas se retiramos o ponto e vírgula:

> O ônibus me deixou no ponto errado pela terceira vez esta semana. Isso não vai acontecer de novo.

Agora temos o efeito desejado. Como se vê no primeiro exemplo, o ponto e vírgula diminui o impacto.

> *Muitos escritores experientes são sinceros o suficiente para admitir que nunca dominaram completamente o ponto e vírgula e que o consideram o sinal de pontuação mais difícil de empregar corretamente.*
>
> Graham King, *Collins Good Punctuation*

**CONTEXTO**

Mais do que qualquer outro sinal de pontuação, o ponto e vírgula destina-se a ajudar a pontuação ao redor. É por excelência um membro de equipe, sua própria existência se dá em função dos outros. O contexto, portanto, deve ser cuidadosamente considerado quando se for usar o ponto e vírgula. Algumas circunstâncias a observar:

- Pode-se usar o ponto e vírgula quando a vírgula não for suficiente. Quando se utiliza demais a vírgula em uma única frase, ela já não cumpre seu papel de modo eficaz. Há também ocasiões em que a multiplicidade de ideias em um período requer uma separação mais marcante do que a oferecida pela vírgula, bem como um tempo maior para que ocorra a assimilação. Só que o ponto final é às vezes forte demais, levando a uma separação excessiva. O ponto e vírgula pode então intervir e resolver a questão, indicando uma pausa mais significativa sem separar completamente as ideias. Washington Irving, por exemplo, recorreu com muita frequência ao ponto e vírgula em seu conto "Rip Van Winkle":

> Aliás, ele declarava que era inútil trabalhar em seu sítio; era o mais pestilento pedacinho de terra de todo o país; tudo ali dava errado, daria errado, apesar dele. As cercas viviam caindo; a vaca vivia fugindo ou invadindo a horta; o mato crescia com mais rapidez em suas terras do que em qualquer outro lugar; a chuva fazia questão de cair bem na hora em que ele tinha um trabalho para fazer ao ar livre; assim, sob sua administração, seu patrimônio foi diminuindo, acre por acre, até não sobrar mais do que uma pequena plantação de milho e batata, e, mesmo com tão pouco, aquele sítio era a propriedade mais mal-cuidada de toda a vizinhança.

Note que o uso do ponto e vírgula possibilita ao leitor captar uma sequência completa e extensa, ao mesmo tempo que concede uma pausa entre as imagens e permite mais tempo para a tomada de fôlego, o que não seria tão eficaz caso se usassem apenas vírgulas. Graças ao ponto e vírgula, é possível captar a imagem do estado de decadência do sítio com um impacto ainda mais forte.

• O ponto e vírgula pode proporcionar clareza a uma frase sobrecarregada de vírgulas. Quando há vírgulas demais em cena, a frase às vezes se torna confusa; o ponto e vírgula pode então intervir, dividindo as orações, resgatando a clareza. Como diz Lynne Truss em *Eats, Shoots & Leaves*, o ponto e vírgula "cumpre a função de um agente especial de polícia em um caso de conflito de vírgulas". Vejamos:

Eu queria a pá e o rastelo, o forcado podia ficar com ela.
Eu queria a pá e o rastelo; o forcado podia ficar com ela.

No primeiro exemplo, fica difícil saber onde uma ideia termina e outra começa, enquanto, no segundo, a divisão é clara.

• Às vezes o ponto final precisa da ajuda do ponto e vírgula. Há momentos em que o ponto final perde a eficácia, em que já não é possível acrescentar uma frase curta a uma série delas. Nem sempre a vírgula poderá ajudar, principalmente se houver várias frases independentes. Por exemplo:

O churrasco transcorria bem até que meu sogro chegou. Em cinco minutos ele já estava me ensinando a cozinhar. Quando virar a carne. Que tipo de carne usar. Eu seria capaz de matá-lo.

Há aí um excesso de pontos finais, enchendo o texto de solavancos (a menos que o autor esteja tentando criar um texto extremamente estilizado). As vírgulas poderiam intervir, mas não proporcionariam pausas suficientemente longas para enfatizar cada ideia. Já o ponto e vírgula:

O churrasco transcorria bem até que meu sogro chegou. Em cinco minutos ele já estava me ensinando a cozinhar; quando virar a carne; que tipo de carne usar. Eu seria capaz de matá-lo.

Além de ligar as frases curtas de maneira agradável, o ponto e vírgula permite que a última frase se destaque das outras. O ponto final proporciona um longo e bem merecido descanso, e novamente pode manifestar sua força.

O emprego do ponto e vírgula antes de um ponto final, principalmente em uma frase mais longa, também contribui para restaurar o impacto do ponto final. Por exemplo:

> Talvez você pergunte por que escrevo. Muitos são meus motivos. Não é incomum que um ser humano que testemunhou a pilhagem de uma cidade ou a derrocada de um povo queira expressar o que viu, para o benefício de herdeiros desconhecidos ou de gerações infinitamente remotas; ou, se você preferir, apenas para tirar essa imagem da cabeça.

Esse exemplo foi extraído de *O bom soldado*, romance de Ford Madox Ford. No lugar em que está colocado, o ponto e vírgula nos permite sentir o impacto do último ponto final, que de outro modo não sentiríamos. Note também o belo contraste entre a longa frase que antecede o ponto e vírgula e a frase curta que se segue, o que faz as duas se destacarem. Note ainda como o autor varia a pontuação ao longo do parágrafo, começando com duas frases curtas e evitando vírgulas na primeira parte da terceira frase. Cada uma dessas escolhas reflete a intenção do texto.

• Examinando o parágrafo no contexto com um certo distanciamento, fica mais fácil detectar falhas. Certas frases serão muito longas; outras, muito curtas; outras, ainda, combinando curtas e longas, não soarão bem. O ponto e vírgula é um grande elemento de equilíbrio. Não há melhor ferramenta para ajudar a suavizar um conjunto de frases e fazê-las funcionar bem no contexto do parágrafo. Vejamos o seguinte exemplo extraído de *Terna é a noite*, de F. Scott Fitzgerald.

> Antes das oito um homem desceu à praia vestido em roupão de banho azul e, depois de longos preâmbulos para entrar na água gelada, com muitos grunhidos e respiração ofegante, chapinhou um minuto no mar. Quando partiu, a praia e a baía tiveram uma hora de quietude. Navios mercantes derivavam para o oeste no horizonte; ajudantes de garçom gritavam no pátio do hotel; o sereno secava nos pinheiros.

A pontuação de cada uma dessas frases reflete o conteúdo. A longa frase de abertura descreve as sensações de um homem que passa um longo tempo na praia. A segunda, curta, descreve a quietude do lugar depois de ele ter ido embora. Já a frase final prolonga essa quietude, captura seu significado especial. Note que, no contexto, o ponto e vírgula equilibra o parágrafo. Se a frase final tivesse sido dividida por pontos finais (formando três frases curtas), o parágrafo ficaria cheio de solavancos.

• Tenha em mente que o ponto e vírgula diminui o efeito de pausa de uma vírgula próxima, bem como o efeito terminativo de um ponto final próximo. Quando o ponto e vírgula faz a conexão, a vírgula se torna menos importante; quando separa, o ponto final parece menos significativo. As vírgulas e os pontos finais têm um poder próprio. Os efeitos produzidos por esses dois sinais de pontuação podem se perder quando muitos pontos e vírgulas entram em cena (ou são mal colocados). Além disso, haverá situações em que você vai querer que o impacto caia sobre a vírgula ou o ponto final. Embora o ponto e vírgula possa funcionar em qualquer circunstância, isto não significa que seja sempre adequado. Fique atento para não deixar que ele roube a cena.

Por outro lado, às vezes é possível usar o ponto e vírgula para reforçar o efeito da vírgula ou do ponto final. Por exemplo, ao redigir uma frase longa com ponto e vírgula, você tem a oportunidade de contrastá-la com uma mais curta. Examinemos o seguinte exemplo extraído de *Profane Friendship* [Amizade profana], de Harold Brodkey.

> Eis o eu e o momento que paira; eis a superfície da água, trêmula, nervosa, quase sem movimento aparente; eis o sussurrante balanço e o rastro na água; aí estão eles nos canais rumorejantes de Murano; depois, novamente a lagoa, Veneza obscurecida adiante; eis San Michele à esquerda fingindo que os mortos estão em silêncio e não são inúmeros; eis a travessia cortante da lancha branca que salta sobre a fluidez cinzenta, o ar gris, leve, com riscos de chuva, a manter um brilho de lua em decomposição; e eis-me envolto na palpitação das lembranças dos canais da própria Veneza, lembranças às quais resisto, a água enrugada do rio atrás da nossa casa, as quietudes e os sussurros secretos do lugar, o movimento indescritível do tempo em uma tarde de Veneza. Eu fui criança ali. E eis minha história de amor.

O escritor descreve o que observa ao sobrevoar a Itália, e os pontos e vírgulas do texto permitem absorver de uma só vez uma imagem (extremamente) complexa. Eles proporcionam uma boa analogia do próprio conteúdo, já que o sobrevoo de uma região oferece diversas imagens ao mesmo tempo, mas com uma leve separação. Note principalmente como Brodkey conclui esse trecho, a brevidade radical das duas últimas frases. Eis um belo exemplo de contexto, do uso de frases com extensões totalmente diferentes com a finalidade de realçar algum ponto.

## O QUE O USO DO PONTO E VÍRGULA REVELA SOBRE O ESCRITOR

Sendo o ponto e vírgula uma ferramenta avançada, os escritores que o usam com muita frequência costumam ser complexos, pessoas que ousam na linguagem e se empenham em aprimorá-la o máximo possível. Isto é muito positivo. No entanto, sendo também o ponto e vírgula um sinal de pontuação consideravelmente elegante e formal, seu uso excessivo pode dar ao texto um ar pretensioso. Os escritores que o empregam com muita frequência tendem a uma escrita floreada, repleta de ornatos, talvez exageradamente intrincada. É preciso simplificar. Tais escritores geralmente se preocupam mais com o texto do que com o enredo, e sua escrita apresentará um andamento mais lento e menos ação. Além disso, é provável que seus textos careçam de impacto dramático.

É difícil dizer como minimizar o uso do ponto e vírgula, já que o texto pode perfeitamente existir sem ele. Há, porém, casos em que convém usá-lo, e os escritores que o ignoram por completo normalmente são principiantes ou receiam ousar na linguagem. É provável que não tenham um texto bem-acabado, com nuanças de estilo e linguagem. O aspecto positivo é que ao menos escrevem com simplicidade, o que favorece a clareza de ideias, e será útil quando tiverem adquirido domínio do ofício. É provável também que seus textos apresentem um andamento mais rápido.

### EXERCÍCIOS DO CAPÍTULO

1) Conte quantos pontos e vírgulas há na primeira página do seu texto. Agora conte quantos há no primeiro capítulo.

Quantos são por página? Por capítulo? É raro você empregar o ponto e vírgula? Ou o faz com frequência? Ter consciência disto é o primeiro passo.

2) Procure algum trecho do texto que reúna uma série de frases curtas relacionadas entre si. Experimente conectá-las por meio de ponto e vírgula. Qual é o resultado? É possível aplicar essa técnica em algum outro ponto do texto?

3) Procure algum trecho do texto que reúna uma série de frases necessariamente longas, por conterem uma ideia complexa ou mais de uma. Experimente quebrar alguma dessas frases por meio de ponto e vírgula. Qual é o resultado? É possível aplicar essa técnica em algum outro ponto do texto?

4) Procure algum trecho do texto em que o emprego do ponto e vírgula seja frequente. Experimente eliminar algum. Qual é o resultado? É possível aplicar essa técnica em algum outro ponto do texto? (Observe como a eliminação do ponto e vírgula devolve a força para a vírgula e o ponto final.)

5) Procure algum trecho do texto em que o andamento se mostre muito rápido e que você queira desacelerar. É possível combinar algumas das frases por meio de ponto e vírgula? Qual é o efeito produzido sobre o ritmo? É possível aplicar essa técnica em algum outro ponto do texto?

6) Procure algum trecho do texto em que o andamento se mostre demasiado lento, e que você queira acelerar. É possível eliminar algum ponto e vírgula? Qual é o efeito produzido sobre o ritmo? É possível aplicar essa técnica em algum outro ponto do texto?

7) Procure algum parágrafo do texto que contenha frases de extensão muito variável. É possível introduzir algum ponto e vírgula para equilibrar a extensão das frases? Qual é o resultado? É possível aplicar essa técnica em algum outro ponto do texto?

# parte II

# SOB OS REFLETORES

## (o dois-pontos, o travessão, os parênteses, as aspas, o parágrafo e as quebras de seções)

*Se você acha que é possível escrever uma carta aceitável sem saber empregar uma pausa ou, de preferência, duas (vírgula e ponto e vírgula), está cometendo um grave erro. E mais: se acha que é possível escrever um bom relatório de negócios, ou um ensaio, ou um artigo, sem saber empregar ao menos duas das demais pausas – o dois-pontos, o travessão, os parênteses –, você provave mente está superestimando suas habilidades de escritor e a inteligência dos leitores.*

Eric Partridge, *You Have a Point There*

Enquanto os sinais estudados na Parte I (o ponto, a vírgula e o ponto e vírgula) são os construtores do mundo da pontuação, os que veremos na Parte II (o dois-pontos, o travessão, os parênteses, as aspas, o parágrafo e as quebras de seções) adicionam os ornamentos. Isto não significa que estes últimos também não afetem a construção da frase – eles podem fazer isso e certamente o fazem –, mas sua característica mais evidente é a habilidade de realçar as palavras. Têm a singular capacidade de lançar as palavras ou as orações para debaixo dos refletores, e sempre que aparecem conferem uma razoável dose de brilho. São os convidados especiais do mundo da pontuação.

Além disso, com exceção do parágrafo, esses sinais raramente aparecem por serem necessários – aparecem somente se eles *quiserem*. Aliás, do ponto de vista técnico, é possível escrever um livro sem empregar nenhum deles sequer. A palavra "utilidade" não existe em seu vocabulário. Assim sendo, esta parte do livro conduzirá o leitor para além do utilitário, para o mundo da escrita refinada. A casa já foi construída. Agora é a vez dos detalhes.

# 4 O dois-pontos (o mágico)

*O dois-pontos de um homem constitui a vírgula de outro.*
Mark Twain

O dois-pontos é o mágico do mundo da pontuação. Cria suspense no público, espera o momento certo, e *voilà*: puxa a cortina para mostrar o resultado. Situa-se no ápice do drama; tudo o que vem antes conduz a ele e leva a um desdobramento. Assim, é um dos sinais de pontuação mais eficazes para realçar uma palavra ou frase. (É por isto que o dois-pontos vem em primeiro lugar nesta parte do livro.) Aliás, é impossível não prestar atenção ao que surge depois do dois-pontos.

Assim como o ponto e vírgula, o dois-pontos costuma ser pouco utilizado pelos escritores e, quando usado, geralmente é de modo inadequado. A maioria dos escritores parece ter receio de usá-lo criativamente, talvez porque o identifiquem com seus usos mais comuns (para enumerar tópicos, em cartas, para separar minutos e segundos). Alguns escritores o utilizam uma vez ou outra, mas se intimidam com sua força dramática e ficam inseguros quanto ao que fazer. Evitar o dois-pontos não é uma boa decisão, pois trata-se de uma das ferramentas mais poderosas do repertório do escritor.

## COMO USÁ-LO

• Em sua forma majestosa, o dois-pontos revela. Aliás, em se tratando de revelação dramática, ele não tem substitutos. Nessa função, o dois-pontos funciona como um marco divisório: o texto que o antecede conduz a uma revelação; o texto que o sucede atende a uma expectativa. Fortemente visual, o dois-pontos ajuda a distinguir de imediato as duas partes da frase e indica que estamos atravessando um limiar. Vejamos:

> Peguei a bolsa, vesti o casaco e saí de casa, já que eu não ia voltar.

Nesse exemplo, não sentimos a revelação, o impacto de "não ia voltar". O acréscimo de dois-pontos, no entanto, muda tudo:

> Peguei a bolsa, vesti o casaco e saí de casa: eu não ia voltar.

Agora sabemos que se trata de um momento culminante, agora o período está claramente dividido em partes e há um claro propósito em cada uma dessas partes. O dois-pontos mostra que o foco do período não é a bolsa, nem o casaco, nem o ato de sair de casa, mas o fato de que o narrador não ia voltar. O dois-pontos pôs a última oração sob o refletor.

Tenha em mente que para obter esse efeito é preciso elaborar um período em que a primeira parte conduz a uma revelação e a segunda revela. A revelação é ineficaz sem uma preparação, e esta não tem razão de ser sem a primeira.

• O dois-pontos pode ser empregado simplesmente para reforçar algum detalhe. Às vezes, assim como uma criança, esse detalhe precisa se destacar para receber mais atenção, talvez por uma questão de clareza, ou para evitar que passe despercebido em meio a uma frase complexa. Considere sempre que, tarde da noite, algum leitor sonolento pode minimizar a importância de alguma palavra ou frase. Se sua intenção for essa (como no caso dos escritores que procuram ser sutis), tudo bem, mas, se não for, é preciso levar em conta o leitor e considerar a pior possibilidade. A experiência da leitura é distinta para cada leitor, e, se alguma ideia em seu texto for relevante demais para ser ignorada, o emprego do dois-pontos é capaz de assegurar-lhe o devido destaque. Com a presença do dois-pontos, a primeira parte da frase equivale a "Tenho uma observação a fazer, você está preparado?", e, em seguida, vem a revelação. Comparemos:

O engenheiro não conseguiu subir no poste do telégrafo porque tinha medo de altura.

Com:

O engenheiro não conseguiu subir no poste do telégrafo: tinha medo de altura.

No primeiro exemplo o "tinha medo de altura" talvez não cause grande impacto. No segundo, com o dois-pontos, o motivo não passa despercebido.

• O dois-pontos pode ser empregado para uma melhor economia de palavras. O escritor deve sempre adotar qualquer recurso que contribua para uma obra mais econômica e concisa, e o dois-pontos permite a eliminação de palavras como "isto é", "a saber" e "porque".

Quero lhe dizer uma coisa, isto é, estou grávida.
Quero lhe dizer uma coisa: estou grávida.

Eu não queria deixá-la sozinha no Natal porque seu amigo tinha morrido havia pouco tempo.
Eu não queria deixá-la sozinha no Natal: seu amigo tinha morrido havia pouco tempo.

• O dois-pontos pode ser empregado para resumir. Quando um escritor descreve as qualidades de uma personagem, ou os elementos de uma casa, ou as rotinas de uma prisão, e quer que suas observações se condensem em uma impressão única e forte, o dois-pontos pode fazer o serviço. Vejamos:

A sala de estar era imensa; a cozinha, um espetáculo; as duas salas de bilhar davam vista para um lago; e as seis lareiras estavam sempre acesas: era um palácio.

Neste caso, o dois-pontos permite que o período dê um passo adiante, permite que você resuma as observações e fixe-as em uma impressão. Seria possível resumi-las sem o emprego do dois-

-pontos, mas então talvez não ficasse claro para o leitor que a impressão é a conclusão direta de tudo o que veio antes. Em alguns casos você vai preferir uma conclusão distinta das observações que a precederam, mas em outros terá que amarrar tudo claramente em uma coisa só.

Note que o dois-pontos pode ser usado para resumir, no sentido estrito, e também para elucidar, desenvolver o texto que o antecede. Vejamos o exemplo seguinte, extraído de um conto de Alice Walker, "Everyday Use" [Uso diário].

> Maggie continuará nervosa até que sua irmã se vá: ficará pelos cantos desalentada, sem graça, envergonhada das cicatrizes de queimadura em seus braços e pernas, olhando a irmã com um misto de inveja e admiração.

Todo o texto que se segue ao dois-pontos é uma elucidação do que significa o "nervosismo" de Maggie. Um escritor menor teria separado essas ideias com um ponto final. Ao empregar, porém, o dois-pontos, Walker mantém todas as imagens associadas à ideia de nervosismo, elabora o seu real significado.

• O dois-pontos pode ser usado para introduzir uma lista. Esse é um uso comum do dois-pontos, mas nas mãos de um escritor pode se transformar em arte. Amy Tan, por exemplo, faz bom uso dele em seu conto "Two Kinds" [Dois gêneros]:

> Na América estavam todas as esperanças da minha mãe. Ela chegara aqui em 1949, depois de ter perdido tudo na China: a mãe, o pai, a casa da família, seu primeiro marido e duas filhas pequenas, gêmeas.

Os "tópicos" da lista são realmente tópicos, mas cada qual uma imagem forte, uma grande perda. Ao enumerar tudo assim, Tan joga com o uso comum do dois-pontos, listando perdas como se fossem coisa corriqueira, revelando a força da narradora, que sobreviveu a muito mais do que podemos imaginar, mas que compartimentalizou a experiência.

> Ora diante do céu flamejante a oeste, ora diante das montanhas de cimos agudos, o carro descia pela estrada poeirenta, pelos cânions, entrando em uma camada de ar que começava a cheirar a outras coisas além do interminável ozônio das alturas: flor de laranjeira, pimenta, excrementos torrados pelo sol, azeite de oliva quente, frutas podres.

O exemplo acima foi extraído de "A Distant Episode" [Um episódio distante], conto de Paul Bowles. A maioria dos escritores teria simplesmente listado um ou dois itens para dar a impressão de odor; ao enumerar tantos, e empregar o dois-pontos para anunciá-los, Bowles quer que desaceleremos a leitura, que nos impregnemos do lugar.

• O dois-pontos pode ser usado para dar pausa. O ponto final e o ponto e vírgula propiciam um intervalo entre ideias; a vírgula proporciona uma pausa entre orações, mas nenhum outro sinal de pontuação oferece uma pausa tão significativa *dentro* de uma mesma ideia. A pausa produzida pelo dois-pontos é útil para todas as funções desse sinal: prepara a cena para uma revelação dramática, para uma síntese ou para uma conclusão. Proporciona também um leve senso de separação, um pequeno espaço para tomar fôlego e preparar-se para o final. No passado, usavam-se dois espaços depois do dois-pontos. E, centenas de anos atrás, era ele o único sinal de pontuação a exigir dois espaços antes *e dois espaços depois*.

Às vezes uma pausa é necessária dentro da mesma frase a fim de permitir a assimilação do sentido. Vejamos:

> Quero dizer que te amo.

Não sentimos haver aí nem uma pausa nem uma revelação. Mas se colocarmos dois-pontos:

> Quero dizer uma coisa: eu te amo.

Agora há pausa suficiente para que as palavras causem impacto. Ao colocarmos o dois-pontos (e ajustarmos as palavras ao redor), também criamos um arco no período, um efeito de preparação e de conclusão.

• Assim como o dois-pontos pode ser usado para produzir um efeito de síntese dentro da frase, pode também ser usado, em um contexto mais amplo, para um efeito de conclusão ao final de uma parte, de um capítulo ou de uma obra. Esse recurso deve ser utilizado com moderação, já que o final de um capítulo ou obra é intrinsecamente dramático, devendo-se, portanto, evitar abusos. Quando, porém, há necessidade de uma frase final impactante, o dois-pontos pode vir bem a calhar. Observemos, por exemplo, a seguinte conclusão:

> Em meio ao gelo, enquanto viam afastar-se o grande vapor, eles se sentiram subitamente isolados; ocorreu-lhes então que não haveria volta, que aquele seria um longo e terrível inverno.

De certo modo, o texto acima não parece tão conclusivo quanto poderia. Mas com o acréscimo de dois-pontos:

> Em meio ao gelo, enquanto viam afastar-se o grande vapor, eles se sentiram subitamente isolados; ocorreu-lhes então que não haveria volta: aquele seria um longo e terrível inverno.

A conclusão é inequívoca. O dois-pontos funciona aí como um toque percussivo ao final de um período, como a palavra "Fim" que surge depois dos créditos de um filme. Por outro lado, na maioria dos casos, o dois-pontos seria um excesso, e é preferível construir a frase final de tal modo que o desfecho seja inerente, sem confiar essa tarefa ao dois-pontos. Às vezes, no entanto, nenhum outro sinal funciona, e, para essa função, nada se compara ao dois-pontos.

Agora vejamos alguns exemplos extraídos da literatura. George Bernard Shaw ficou famoso pelo uso que fazia do dois-pontos. Recorria a ele com notável frequência; muitas vezes, aliás, de forma questionável, e, de modo geral, não creio que o empregasse bem. Contudo, eis um exemplo interessante, extraído de sua peça *Casas de viúvos*. É particularmente interessante o fato de conseguir introduzir duas vezes o dois-pontos em uma única frase:

> O outro, o sr. William de Burgh Cokane, provavelmente tinha mais de 40 anos, talvez 50: um cavalheiro desnutrido, de cabelos ralos e maneiras

afetadas: irrequieto, cheio de melindres, de constituição ridícula e sem compaixão no olhar.

O dois-pontos pode servir muito bem para resumir uma personagem, principalmente depois de uma lista de atributos. No exemplo acima, Shaw revela a idade do sr. Cokane; em seguida, recorre ao dois-pontos para aprofundar o que essa idade significa. Ao descrever as maneiras da personagem, recorre novamente ao dois-pontos para ilustrar como elas se manifestam. Shaw emprega o dois-pontos como um botão de *zoom*: ele focaliza algo e, em seguida, utiliza o dois-pontos para aproximar a imagem.

Eis outro exemplo, agora extraído do conto "Casa de pensão", de James Joyce:

> Para ela, apenas uma coisa poderia reparar a perda da honra sofrida pela filha: o casamento.

Note que Joyce usa praticamente a frase toda para preparar a chegada do dois-pontos, seguido de apenas uma palavra reveladora. O contraste é maravilhoso. Confere à palavra "casamento" todo o destaque possível.

> Eu vinha caminhando junto à parede esquerda quando entrei, mas encontrei o vazio: apenas a escada ascendendo em curva pelas sombras.

O exemplo acima foi extraído de *O som e a fúria*, de William Faulkner. Faulkner poderia ter usado um ponto final e dividido o período em dois; ou então ter usado um travessão para indicar a ideia subsequente. Mas preferiu o dois-pontos. Ao fazer isto, ele dá a entender que "a escada ascendendo em curva pelas sombras" é uma extensão do significado de "vazio". É uma imagem terrivelmente melancólica, que evoca no leitor a sensação de vazio.

Agora vejamos um exemplo extraído da abertura de um conto de Alice Munro, "Royal Beatings" [Surra majestosa]:

> Surra majestosa. Foi a promessa de Flo. Você vai levar uma surra majestosa.

> A palavra "majestosa" demorou-se na língua de Flo, ganhou ares de armadilha. Rose tinha necessidade de criar imagens para as coisas, de perseguir absurdos, isso era mais forte do que a necessidade de evitar problemas e, em vez de levar a ameaça a sério, ela ponderou: como é que uma surra pode ser majestosa?

O dois-pontos no exemplo acima nos leva a uma pausa, nos leva a sentir a "ponderação" da personagem. Além disso, prepara-nos para a indagação da personagem e para seu inesperado ponto de vista. Também é digno de nota o uso que Munro faz nesse trecho de outros sinais de pontuação: ela começa recorrendo com frequência ao ponto final, em três frases curtas seguidas de um parágrafo. Depois, introduz a vírgula, e suas frases se tornam mais longas, culminando com uma frase final incrivelmente longa, o dois-pontos e, por fim, um ponto de interrogação. Essa pontuação variada nos faz sentir ainda mais o impacto do dois-pontos, principalmente porque a parte do texto que os antecede é bastante longa se comparada ao que vem a seguir.

> *Quando jovens, a habilidade de empregar o dois-pontos é para nós o mesmo que, para um pianista principiante, a habilidade de tocar com as mãos cruzadas; quando mais velhos, tal habilidade significa aptidão literária, maturidade, até mesmo sofisticação; e muitos de nós, jovens, nem tão jovens, ou velhos, empregam o dois-pontos de modo canhestro, fortuito ou, na melhor das hipóteses, irregular.*
>
> Eric Partridge, *You Have a Point There*

**O PERIGO DO USO EXCESSIVO E INADEQUADO**

É possível escrever um bom texto sem recorrer ao dois-pontos, mas o uso inadequado ou excessivo saltará aos olhos, e os leitores não perdoam isto. Assim como o ponto e vírgula, o dois-pontos pode se tornar um vício. Esse sinal proporciona ao escritor uma âncora, ajuda a construir a frase – na verdade, toda uma ideia. Permite que ele *pense* de modo diferente, em arcos que sobem e descem, com aberturas ascendentes e conclusões nítidas. Nem todas as frases, porém, devem se desenvolver em forma de arco. Para os leitores, ler sucessivas frases com excesso de dois-pontos é como navegar em um mar com muitas ondas: ficam mareados e querem sair do barco. Vejamos:

> Ele ia ao parque diariamente fazer uma coisa: alimentar os pombos. Amava esses malditos pássaros mais do que a mim, e eu estava farta disso: era hora de me mudar. Fiz as malas, escrevi-lhe um bilhete e deixei-o em um lugar que ele certamente encontraria: no saco de ração para pássaros.

O dois-pontos tem a ver com estilo e exige que o texto ao redor, por sua vez, tenha estilo. Deve ser empregado com moderação. Se mais de um ou de dois surgirem a cada página, significa provavelmente que você está exagerando; nesse caso, procure reduzir o uso, de preferência reconstruindo as frases de tal modo que o arco esteja presente.

• Às vezes o dois-pontos não é realmente necessário. Só se deve utilizá-lo para conectar duas orações quando tal conexão for essencial; por exemplo, quando uma revela ou resume a outra. Se o texto depois do dois-pontos revelar algo, o que o antecede deve preparar essa revelação. As duas orações não devem estar dissociadas entre si nem ser muito independentes. Nesse caso, separe-as em períodos distintos e utilize o ponto final. Eis um exemplo do que não funciona:

> Meu avô saía para dançar em seu tempo livre: não fiz minha tarefa de casa ontem.

As duas orações não se relacionam entre si; o dois-pontos não deve, portanto, ser empregado. Para usá-lo, o texto teria que ser algo assim:

> Meu avô saía para dançar em seu tempo livre: ele adorava conduzir uma parceira pelo salão.

Há casos em que as duas orações apresentam certa relação entre si, mas não se combinam perfeitamente, uma não resume nem revela a outra. Como no exemplo a seguir:

> A lâmpada queimou quando eu tomava café: o café estava horrível.

Este texto deveria ser reformulado de modo a combinar melhor as duas orações, por exemplo:

> A lâmpada queimou quando eu tomava café: a instalação elétrica deste prédio é péssima.

Ou ser reescrito sem o dois-pontos:

> A lâmpada queimou quando eu tomava café. O café estava horrível.

Se a relação entre as duas orações não for perfeita, o dois-pontos não deve estar presente.

• Quando você utiliza o dois-pontos com muita frequência, corre o risco de criar meias frases, de formular meias ideias, em que a primeira oração não se completa sem a segunda, e a segunda não pode existir sem a primeira. As duas orações devem estar relacionadas e ser pertinentes uma à outra, mas, ao mesmo tempo, isso não pode servir de desculpa para uma construção frouxa, em que as duas orações não possam existir sem as respectivas contrapartes, definidas pelo dois-pontos. O dois-pontos fortalece o período como um todo, mas enfraquece as orações isoladamente quando elas não podem existir uma sem a outra. Vejamos:

> Eu ia ao cinema nas tardes de terça-feira: quando se pagava meia-entrada.

Tecnicamente, a primeira parte do período poderia vir sozinha, mas não se pode afirmar que a segunda também (a não ser em um texto estilizado); no entanto, mesmo a primeira parte resultaria em uma frase fraca. A rigor, as duas precisam uma da outra para formar uma ideia completa. É uma solução a que se pode recorrer de vez em quando, mas o emprego frequente desse tipo de construção tornaria as frases muito dependentes do dois-pontos. De modo geral, o texto que vem antes e depois do dois-pontos deve ser mais independente do que outro demarcado por vírgula, mas menos independente do que um texto demarcado por ponto e vírgula. Por exemplo, o período acima poderia existir sem o dois-pontos:

> Eu ia ao cinema nas tardes de terça-feira, quando se pagava meia-entrada.

Lembre-se: só use o dois-pontos se for necessário.

• Assim como acontece com os demais sinais de pontuação, o uso do dois-pontos deve ser uma exigência orgânica do texto. Se o dois-pontos é imposto em uma frase – por exemplo, para forjar algum efeito dramático, quando não há nada que o justifique – ele soa falso, e o leitor percebe isso. O dois-pontos não deve ser forçado a cumprir o papel do conteúdo. Se uma frase for intrinsecamente dramática, muitas vezes não será necessário empregar o dois-pontos; quando for necessário, ele se encaixará naturalmente no ritmo da frase. Quanto maior a sutileza, melhor, principalmente no tocante ao dois-pontos. Trata-se de uma ferramenta tão dramática, tão chamativa, que deve ser utilizada com discrição. Forçar a presença do dois-pontos em uma frase é o mesmo que buzinar no sinal fechado.

No exemplo a seguir, o uso forçado do dois-pontos empobrece o texto.

> O tambor rufou, a cortina se abriu, e lá estava ela, sob o refletor: minha atriz preferida.

Retirando-se o dois-pontos, o texto ganha mais naturalidade:

> O tambor rufou, a cortina se abriu, e lá estava, sob o refletor, minha atriz preferida.

"Minha atriz preferida" é um grupo de palavras intrinsecamente dramático, brilhará de qualquer modo. Nesse caso, o uso do dois-pontos é um excesso.

> *Ser despojados de nosso dinheiro e destituídos de nossos bens é um dano bastante grave, mas ser privados do dois-pontos seria algo intolerável.*
>
> Eric Partridge, *You Have a Point There*

**CONTEXTO**

Embora o dois-pontos seja mandão, é também sensível aos sinais de pontuação ao redor, que exercem sobre ele grande influência. Ele, por sua vez, também exerce grande influência sobre os demais sinais. Há muitos aspectos a considerar no tocante ao contexto quando se usa o dois-pontos:

- Para obter o máximo efeito do dois-pontos, o texto que vem antes deve estar livre de outros sinais de pontuação, enquanto o texto que vem depois deve fluir sem obstáculos até o final da frase. Quando não há outros sinais de pontuação, o texto corre diretamente para o dois-pontos e, em seguida, para a conclusão. O dois-pontos é a estrela que brilha no meio da frase. É claro que nem sempre é assim, e há muitos bons exemplos de dois-pontos que funcionam bem quando as orações que vêm antes e depois estão repletas de vírgulas e pontos e vírgulas. Mas a ausência de outros sinais reforça o efeito do dois-pontos. Vejamos:

> Lâmpadas de halogênio, deixadas acesas durante a noite, podem ser perigosas, senão mortais: seu aquecimento excessivo já provocou muitos incêndios.

As vírgulas no exemplo acima diminuem o impacto do dois-pontos. No entanto, se as retirarmos, mantendo somente o dois-pontos, notaremos a diferença:

Lâmpadas de halogênio deixadas acesas durante a noite podem ser perigosas e até mesmo mortais: seu aquecimento excessivo já provocou muitos incêndios.

Se avançarmos um pouco mais e, além das vírgulas, retirarmos também a oração que se encontra entre elas, veremos que o impacto do dois-pontos é ainda mais forte:

Lâmpadas de halogênio podem ser mortais: seu aquecimento excessivo já provocou muitos incêndios.

Neste último exemplo o texto é mais direto, realça o dois-pontos. Sentimos a frase correr para o momento da revelação e dali para a conclusão.

Como se vê, quando usado com propriedade, o dois-pontos se distingue dos outros sinais de pontuação. Quando for usá-lo, fique atento: ele pode diminuir, ou até eliminar, o efeito de outros sinais ao redor. É o peixe predador entre as presas que, eventualmente, ficará sozinho. O dois-pontos enfraquece o ponto final. Para que este tenha força máxima, o andamento da leitura não pode ser desacelerado em momento algum ao longo da frase, o que acontece principalmente quando se usa o dois-pontos. Com uma pausa grande antes do ponto final, este deixa de ter tanta importância. Vejamos:

Sempre que tento falar, ela faz a mesma coisa: me interrompe.

A principal quebra de ritmo acontece depois de "coisa", retirando a força do ponto final. No entanto, se eliminarmos o dois-pontos (e ajustarmos a redação), a força do ponto final voltará a ser sentida:

Sempre que tento falar, ela me interrompe.

O dois-pontos também não se ajusta com o ponto e vírgula. O ponto e vírgula é uma pausa significativa, sendo em princípio a penúltima antes do final da frase. Teoricamente, o dois-pontos poderia seguir um ponto e vírgula, mas, na maioria dos casos, não causaria um bom efeito. Em geral, não há muito espaço para esses dois gigantes no universo de uma única frase.

Contudo, sempre há exceções, principalmente nas mãos de um mestre. No exemplo a seguir, extraído de *The Autobiography of My Mother* [A autobiografia de minha mãe], Jamaica Kincaid transgride a regra de maneira hábil:

> Quando minha mãe morreu, deixando-me no mundo pequena e vulnerável, meu pai me colocou aos cuidados da mesma mulher a quem pagava para lavar suas roupas. É possível que ele tenha lhe chamado a atenção para a diferença entre os dois fardos: um deles era a sua filha, que, além de ser a única filha que ele tinha, era a única que tivera com a única mulher com quem se casara até então; o outro eram suas roupas sujas.

O dois-pontos no exemplo acima é uma excelente escolha, preparando o cenário para explicar a "diferença" entre os dois "fardos". E, surpreendentemente, o ponto e vírgula aí funciona bem, levando-nos a uma pausa pouco antes do final do período e propiciando um vigoroso contraste.

• A função básica do dois-pontos é chamar a atenção para algo importante: uma revelação, uma síntese, uma conclusão ou algum detalhe que precise ser realçado. O dois-pontos é um indicador poderoso. Se todos os aspectos forem assinalados como importantes, o leitor deixará de levá-lo a sério. Imagine que você esteja examinando dois documentos, um deles com dezenas de indicadores e o outro com apenas um. No primeiro, com dezenas de itens assinalados, nada parecerá importante; no segundo, o único ponto assinalado será percebido de imediato. Tudo é uma questão de contexto. Se excessivamente empregado, o dois-pontos perde o efeito. As revelações não terão peso algum. Para preservar a força do dois-pontos, leve em conta o contexto e use-o moderadamente.

Um exemplo de colocação hábil (e incomum) do dois-pontos no contexto do parágrafo pode ser encontrado na abertura de *The Corrections* [As correções], de Jonathan Franzen.

> Loucura da frente fria de outono a aproximar-se da pradaria. Era possível senti-la: algo terrível estava para acontecer. O sol baixo no céu, a luminosidade fraca, uma estrela fria. Sucessivas rajadas de desordem. Árvores inquietas, temperatura em declínio, toda a religião do norte das coisas chegava ao fim. Nenhuma criança brincava no quintal.

Embora o dois-pontos seja normalmente empregado no clímax de um texto, Franzen vai contra o costume e o utiliza para *abrir* o romance. A princípio, isto pode parecer estranho, mas, ao prosseguirmos a leitura, verificamos que funciona bem; em vez de resumir o parágrafo, o dois-pontos prepara o cenário. A cada frase que se segue, o leitor fica na surda expectativa de que algo terrível vai acontecer. Note também a profusão de pontos finais, as numerosas frases curtas e incompletas. O estilo habilmente se estabelece logo após o início do romance.

### O QUE O USO DO DOIS-PONTOS REVELA SOBRE O ESCRITOR

Assim como acontece com os outros sinais de pontuação, o modo como o escritor usa (ou deixa de usar) o dois-pontos revela muito a seu respeito.

O uso exagerado desse sinal costuma indicar um escritor excessivamente dramático. Sua preocupação básica é causar impacto, impressionar o leitor com uma revelação. É possível que seus enredos tragam revelações baratas, reviravoltas chocantes, segredos que vêm a ser descobertos, finais inesperados. Encaixando o drama à força em cada frase, é provável que tais escritores produzam mais calor do que luz. É também provável que, para assustar o leitor, recorram mais a um gato saltando no escuro do que à construção longa e lenta de uma atmosfera de autêntico terror. Buscam satisfação imediata e soluções fáceis.

Como o dois-pontos pode ser usado tanto para resumir quanto para concluir a frase, o seu uso excessivo pode indicar escritores que gostam de amarrar o conteúdo em pacotes ordenados – não apenas frase a frase, mas também no enredo como um todo. Seus subenredos talvez se articulem com muita perfeição, suas personagens talvez perfaçam um arco perfeito demais – talvez até deem lições de moral. Tais escritores são mais propensos a escrever tendo em vista a soma de todas as partes do que cada parte em si. Talvez se sintam pouco à vontade com personagens moralmente ambíguas, e é provável que povoem sua obra com personagens marcadamente boas ou más.

A boa notícia para esses escritores é que o uso frequente do dois-pontos pressagia um quadro mais favorável do que o uso infrequente. Os que usam o dois-pontos pelo menos têm em mente o leitor: tentam agradar, apresentando uma revelação ou um claro resumo. Além disso, como o dois-pontos é um sinal bastante incomum, seu uso frequente indica escritores que se agarram ao ofício, que têm interesse em aperfeiçoar o texto e utilizar todas as ferramentas à disposição. O uso adequado do dois-pontos indica ao menos um certo nível de sofisticação, já que os amadores dificilmente o utilizam demais ou sequer chegam a usá-lo.

Isso nos leva à questão da subutilização (ou ausência) do dois-pontos. O dois-pontos nunca é realmente necessário, o que torna difícil criticar um texto por sua ausência. No entanto, inevitavelmente haverá ao menos alguns exemplos em que ele pode ser usado para realçar o texto, e sua ausência (nos casos em que for preciso) pode indicar escritores que, no nível mais básico, têm menos recursos, são menos capazes ou menos dispostos a lidar com nuanças. Além disto, é menos provável que usem outros sinais sofisticados de pontuação, como o ponto e vírgula.

Se, de um lado, os que recorrem com frequência ao dois-pontos costumam ser excessivamente dramáticos, de outro, é provável que falte dramaticidade àqueles que quase não o utilizam. Estes provavelmente são realistas, criam personagens e enredos com base na realidade, enredos muito definidos – e também enfadonhos. O drama não é seu objetivo principal, e o texto pode sofrer com isso. Não são escritores de revelações nem de sínteses ou conclusões precisas. É mais provável que suas personagens sejam ambíguas, e de um modo não aceitável. Também seus finais tendem a ser menos satisfatórios. Não são escritores preocupados com o todo; são escritores preocupados com as partes.

## EXERCÍCIOS DO CAPÍTULO

A maioria dos escritores faz pouco ou nenhum uso do dois-pontos. Assim, para que você se familiarize mais com ele, vamos praticar seu uso em todos os casos possíveis:

1) Para uma revelação dramática. Selecione uma passagem do seu texto que pede uma revelação impactante, mas ainda não tem a intensidade desejada. Coloque o dois-pontos no momento crucial. Você nota alguma diferença? Sente a revelação? É possível aplicar essa técnica em algum outro ponto do texto?

2) Para resumir. Selecione uma passagem do seu texto que contenha uma longa descrição e que você gostaria de concluir com uma impressão geral. Talvez algum trecho em que você descreve uma personagem ou um cenário. Ao concluir a descrição, use o dois-pontos no lugar adequado. Você nota alguma diferença? É possível aplicar essa técnica em algum outro ponto do texto?

3) Para concluir. Concluir um parágrafo, parte, capítulo ou livro com dois-pontos pode às vezes ser necessário, embora seja um recurso um tanto pesado. Tente encontrar alguma passagem em que a conclusão não produza o efeito adequado. É possível acrescentar o dois-pontos? Faz alguma diferença? É possível aplicar essa técnica em algum outro ponto do texto?

4) Se você estiver entre aqueles que costumam usar excessivamente o dois-pontos, conte as ocorrências. Quantas vezes ele aparece na primeira página? Em cada página do primeiro capítulo? Qual é a média de ocorrências por página? Se o número for maior do que dois, corte. Claro que esse é apenas o primeiro passo. Pergunte-se por que você usa tanto este sinal. Será que você não está escrevendo de modo excessivamente dramático? Será que não está substituindo o conteúdo pela pontuação?

5) Examine detidamente os casos em que você usou o dois-pontos. É mesmo necessário usá-lo? As duas partes da frase realmente dependem uma da outra? A primeira parte prepara o leitor para a revelação ou conclusão contida na segunda? Se não, elimine o dois-pontos ou reconstrua as frases de modo que cada uma alimente a outra.

# 5 O travessão e os parênteses (o interventor e o conselheiro)

*Quando surgem parênteses na narrativa, ela ganha profundidade. O leitor então se dá conta de que há uma nova camada de ação, seja ela um doce sussurro apaixonado, seja um desconcertante aparte shakespeariano.*

John Smolens, aclamado autor de *Cold, The Invisible World* e *Fire Point*

O travessão existe para intervir. Ele pode surgir de repente, cortar o discurso, parar a conversa no meio e redirecionar o conteúdo como bem lhe aprouver. Entre os sinais de pontuação, talvez seja o mais agressivo, e atrairá toda a atenção para si quer você queira, quer não. Aliás, a palavra *travessão* deriva de "travessia", que é a ação ou o efeito de atravessar uma região, um continente; ou um movimento ardiloso que consiste em passar o pé ou a perna por entre as de outrem para derrubá-lo.

Ao examinar o travessão, a maioria dos gramáticos destaca apenas que ele não deve ser confundido com o hífen; além disto, muitas vezes é considerado um sinal de descuido. O que é uma pena. O travessão é um recurso notável, belo, capaz de acentuar a criatividade. E, além disto, é importante para registrar certas formas de diálogo. Pode, evidentemente, indicar pressa e descuido (como veremos adiante), mas, antes de ser dispensado, precisa ser levado a sério.

Já os parênteses constituem uma forma respeitosa de interrupção; não exigem que você pare de falar ou mude o rumo do pensamento. A interrupção que introduzem é antes um acréscimo, como um conselheiro a sussurrar no ouvido. Assim como o travessão, os parênteses costumam ser considerados simples recurso técnico, mas, como no caso do travessão, isto não é tudo. Mal empregados, os parênteses podem, é claro, obstruir um texto, tornando-o quase ilegível. Nas mãos certas, porém, podem se transformar em uma ferramenta muito criativa, acrescentando um nível de complexidade ao texto sem quebrar seu ritmo, algo que não poderia acontecer de nenhum outro modo.

Nenhum escritor é completo sem saber quando recorrer a esses dois sinais de pontuação e como usá-los com maestria.

## COMO USÁ-LOS

Para bem assimilarmos o uso do travessão e dos parênteses, devemos examiná-los juntos, comparando e contrastando suas sutis semelhanças e diferenças. Os dois sinais interrompem o texto, realçam os assuntos que introduzem, são usados em digressões, elucidações, explicações e exercem uma função quase idêntica quando o travessão aparece em par. Considerá-los separadamente (como o fazem muitos livros sobre pontuação) é um equívoco. Além de exercerem funções sobrepostas, aprendemos mais sobre eles quando os examinamos lado a lado.

- O travessão e os parênteses são comumente empregados para indicar aparte ou digressão. Às vezes os apartes precisam ser colocados no meio da frase, seja para esclarecer ou para realçar. Poderiam ser removidos e transformados em frases separadas, mas o efeito não seria o mesmo. Às vezes, uma ideia simples e direta requer uma digressão para se tornar mais completa ou complexa. Esse tipo de aparte lhe confere uma nova dimensão. Vejamos:

> Os búfalos viviam soltos pelo centro-oeste dos Estados Unidos nos anos 1800.

Essa é uma oração completa. Recorrendo, porém, ao travessão ou aos parênteses, podemos reforçá-la, sem precisar de outro período:

> Os búfalos viviam soltos pelo centro-oeste dos Estados Unidos (há quem diga que no sudoeste também) nos anos 1800.

Os búfalos viviam soltos pelo centro-oeste dos Estados Unidos nos anos 1800 – há quem diga que no sudoeste também.

Os apartes acrescentam algo; ao mesmo tempo, embora nos levem para uma outra direção, têm tanta proximidade com a ideia principal que não funcionariam como frases independentes. São na verdade fragmentos de frases, meias ideias, em busca de um lugar de pouso, precisando da ajuda de um travessão ou parênteses que os acolham.

Nos exemplos acima, os parênteses e o travessão, apesar de servirem ao mesmo propósito, surgem em pontos distintos. Os parênteses permitiram que o aparte viesse no meio da frase, enquanto o travessão exigiu que ele se colocasse no final. Isto é próprio do travessão único, que força a frase para o seu final. Assim, seu efeito não é exatamente o mesmo, já que o aparte depois do travessão soa antes como uma reflexão posterior, e não como uma continuação da frase. É importante notar que isto não é inteiramente apropriado. Nesse caso, o aparte pertence ao meio da frase. A observação de que os búfalos podem ter vivido soltos "no sudoeste" é um aparte à informação de que viviam "no centro-oeste", e deve vir no encalço dessa ideia. No final da frase já temos uma outra ideia (nos anos 1800), o que força o leitor a transitar da geografia para a história e de novo à geografia.

• Há, porém, um modo de fazer o travessão funcionar mais como os parênteses e dar-lhe flexibilidade para destacar uma oração no meio da frase: é o chamado travessão duplo.

Os búfalos viviam soltos no centro-oeste dos Estados Unidos – há quem diga que no sudoeste também – nos anos 1800.

Sim, o travessão pode vir em par. É, aliás, nesse caso que travessões e parênteses mais se assemelham no tocante à função: como no caso dos parênteses, um travessão abre a oração e outro a fecha. Como se vê no exemplo acima, o efeito obtido é quase idêntico ao dos parênteses; na verdade, eles são praticamente intercambiáveis.

## A DIFERENÇA ENTRE O TRAVESSÃO DUPLO E OS PARÊNTESES

Digo "praticamente" porque há algumas diferenças sutis entre o travessão duplo e os parênteses. Quando se usa travessão duplo, o fluxo da frase se interrompe, enquanto os parênteses permitem que a frase flua com suavidade. Por exemplo:

> Os relógios suíços (principalmente os de Genebra) nunca quebram.
>
> Os relógios suíços – principalmente os de Genebra – nunca quebram.

É a mesma diferença que existe entre um motorista que delicadamente interrompe alguém para mostrar uma paisagem e outro que pisa de modo brusco no freio. Pise no freio (usando travessões) quando algum aspecto não puder absolutamente passar despercebido. Do contrário, assim como o passageiro que sofreu o solavanco, o leitor vai se ressentir, principalmente se você fizer isto com frequência ou sem motivo. Depende da sua intenção. Se quer fazer uma digressão suave ou sutil, se quer um texto mais fluente, use os parênteses. Se quer fazer uma digressão mais incisiva ou dramática, use o travessão duplo.

Há outras pequenas diferenças entre esses sinais de pontuação. Os parênteses podem ser empregados na conclusão de uma frase, enquanto o travessão duplo, não. Há ainda quem diga que o aparte entre parênteses é um pouco mais formal, principalmente os que acham que o travessão é indicativo de um texto informal. Vejamos:

> Janelas pequenas deixam entrar menos luz do dia, mas (se for inverno) você economiza com a conta da calefação.
>
> Janelas pequenas deixam entrar menos luz do dia, mas – se for inverno – você economiza com a conta da calefação.

Os parênteses aqui talvez pareçam um pouco mais formais e os travessões, mais informais; é, no entanto, uma distinção sutil, que pode ser aplicada inversamente.

Afora essas diferenças, travessões e parênteses são intercambiáveis. Talvez, para efeito de variedade, você prefira alternar entre um e outro sinal, contando assim com mais uma ferramenta à sua disposição.

• Independentemente de suas muitas funções específicas, travessões e parênteses têm uma coisa em comum: sempre lançam o texto para debaixo dos refletores. Não são sinais de pontuação discretos, e é quase impossível que não destaquem na frase o conteúdo que delimitam. Vejamos:

> O comércio de árvores de Natal, e é de fato um comércio, movimenta milhões de libras.

Neste exemplo, a oração "e é de fato um comércio" não se destaca tanto quanto poderia. Mas se a colocarmos entre travessões:

> O comércio de árvores de Natal – e é de fato um comércio – movimenta milhões de libras.

Agora ela ganha importância no período. O travessão é particularmente forte nesse sentido. Aliás, se a intenção é realçar algo, os travessões são preferíveis aos parênteses. Os parênteses, na verdade, costumam restringir o aparte, torná-lo mais discreto. No entanto, pelo fato de *ser* um aparte, ele sempre se destacará de algum modo.

Vejamos a frase de abertura do romance *Passagem para a Índia*, de E. M. Forster:

> Afora as cavernas de Marabar – que ficam a mais de trinta quilômetros de distância – a cidade de Chandrapore não tem nada de extraordinário.

Começar um livro com travessão duplo é uma decisão ousada. Poucos escritores poderiam fazer isto sem tornar o texto excessivamente estilístico, mas E. M. Forster foi bem-sucedido ao iniciar um dos maiores romances do século XX. Nesse caso, os travessões ajudam a destacar a ideia de que essas cavernas, a única coisa de extraordinário em Chandrapore, ficam "a mais de trinta quilômetros de distância"; com isso, além de dizer que não há nada de extraordinário em Chandrapore, a única coisa que poderia ser considerada como tal está bem longe dali. Assim ele enfatiza a ideia de que Chandrapore é um lugar ermo. Aliás, depois dessa frase, segue-se uma longa descrição da grande desolação da cidade.

Agora eis um exemplo extraído do conto "Gravity" [Gravidade], de David Leavitt:

> Theo podia escolher entre um medicamento que lhe salvaria a visão e outro que o manteria vivo, então, ele preferiu não ficar cego. Parou de tomar os comprimidos, começou com as injeções – para as quais teve de instalar um incômodo e doloroso cateter logo acima do coração – e, em poucos dias, as nuvens em seus olhos começaram a se dissipar, ele voltou a enxergar.

Os travessões acima delimitam o texto que menciona uma situação chocante e dolorosa, permitindo que o período prossiga após a explicação dramática. Ao fazer isto, transmitem a ideia de que o cateter é apenas mais um item de uma longa lista de rotinas dolorosas; também ajudam a revelar toda a dor e o desconforto a que Theo teve de se submeter em seu tratamento.

• Os travessões e os parênteses podem ser usados para elucidar. Os melhores escritores sempre releem suas frases e se perguntam como os diferentes leitores as interpretariam. Uma frase pode ser, por exemplo, muito complexa ou ambígua, ou ainda aberta a interpretações equivocadas. Elaborar frases que sejam claras para todos é a marca do grande escritor (a menos que tenha a intenção de ser ambíguo). Às vezes, o travessão e os parênteses podem contribuir para a clareza, otimizando a economia de palavras e o fluxo narrativo. O exemplo seguinte talvez confunda o leitor:

> A amiga dele veio conosco.

O leitor talvez não saiba precisamente de que amiga se trata. Mas, com o acréscimo de uma explicação curta e esclarecedora (por meio de parênteses), a intenção se tornará inequívoca:

> A amiga dele (a ruiva) veio conosco.

O travessão duplo também pode cumprir essa função, embora não com tanta suavidade:

> A amiga dele – a ruiva – veio conosco.

Os travessões e os parênteses são particularmente úteis para esclarecer prontamente algum aspecto secundário. Poucos outros sinais de pontuação propiciam isto, tornam possível estruturar uma frase de modo a permitir um esclarecimento tão breve. Não surtiria bom efeito, por exemplo, dividir a oração acima em duas:

> A amiga dele veio conosco. Ela era ruiva.

O aparte não justifica a redação de uma frase independente.

A função de esclarecer é basicamente técnica, mas nem sempre tem de ser assim. O esclarecimento também pode ser criativo; pode, por exemplo, ser uma grande ferramenta para o humor, a ironia ou o sarcasmo. Pode ajudar a estabelecer uma narrativa fluente para uma opinião da personagem, permitir algum comentário do narrador. Por exemplo:

> Ele disse que eu não me sentasse na escada de emergência (como se eu quisesse) porque a estrutura era fraca.

> Mamãe me fez sentar ao lado do meu (insuportável) primo para que pudéssemos conversar a noite toda.

Apartes como esses também podem ajudar a distinguir a descrição do ponto de vista. Caso você queira inseri-los no texto, funcionam melhor com parênteses do que com travessões.

Doris Lessing gostava de parênteses. Empregou-os com frequência em seu conto "To Room Nineteen" [*No quarto 19*]:

> Que tivessem esperado tanto tempo (mas não tempo demais) por isso era para eles a confirmação de seu bom senso. Muitos de seus amigos haviam se casado jovens, e agora (achavam eles) talvez lamentassem as oportunidades perdidas; enquanto outros, ainda solteiros, lhes pareciam áridos, indecisos e propensos a casar por desespero ou romantismo.

Nesse exemplo, os parênteses são empregados para elucidar de modo criativo; com poucas palavras a escritora vigorosamente registra o ponto de vista do casal. Note que os parênteses permitem que a frase prossiga sem obstáculos, sem interromper o fluxo da narrativa. Além disto, proporcionam mais informação, enriquecendo a ideia.

• Os travessões e os parênteses também podem ser usados para indicar uma reflexão subsequente. Este recurso contribui para proporcionar um toque de espontaneidade a uma ideia simples:

> Gostaria que você viesse jantar comigo.
> Gostaria que você viesse jantar comigo – se não tiver outros planos.

Os parênteses também funcionariam bem:

> Gostaria que você viesse jantar comigo (se não tiver outros planos).

Examinemos o seguinte exemplo, extraído de "Guests of the Nation" [Convidados da Nação], de Frank O'Connor:

> Ao anoitecer, Belcher, o inglês grandalhão, finalmente moveria as pernas compridas e sairia das cinzas dizendo: "Que tal, meus chapas?". Noble responderia, ou então eu mesmo: "Tudo bem, meu chapa" (pois tínhamos assimilado algumas de suas curiosas expressões), e Hawkins, o inglês nanico, acenderia o lampião e pegaria o baralho.

Nesse exemplo, os parênteses são usados para introduzir uma reflexão subsequente, servindo também para esclarecer, explicar por que as personagens falam desse modo. Note o emprego incomum que O'Connor faz das aspas, enterrando-as no meio de uma frase longa (exploraremos isto mais detalhadamente em um capítulo posterior).

É o travessão, no entanto, o sinal criado para introduzir uma reflexão subsequente, sendo, na maioria dos casos, preferível para esse propósito. Aliás, o problema que a maioria das pessoas tem com o travessão é que ele favorece a reflexão subsequente, que, por sua vez, supostamente favorece a escrita ociosa, já que um bom texto deveria ser objeto de reflexão prévia e não precisar de reflexões subsequentes. Concordo que isso se aplique a textos monótonos e fracos. Quando se trata, porém, de um texto criado por um profissional que realiza sucessivas revisões, fica difícil sustentar esse argumento. O texto de tal escritor é por natureza arquitetado, e se alguma reflexão subsequente surgir é porque ali está por deliberação do autor.

Às vezes o travessão serve para um propósito criativo. Por exemplo, uma reflexão subsequente pode capturar de modo eficaz a perspectiva de uma pessoa distraída que porventura corrija o que acaba de dizer:

> Deixei minhas chaves em casa – não, dentro do carro.

• À medida que avançamos no domínio do criativo, os travessões e os parênteses podem contribuir para a criação de um estilo do tipo fluxo de consciência. O propósito desses sinais de pontuação é indicar apartes, digressões, reflexões subsequentes, e isto pode ser muito útil para criar o efeito de texto que se desenrola em tempo real. Vejamos:

> Fui para o jardim com a intenção de arrancar aquela árvore (a que fica perto da minha janela), mas me distraí com o toque do telefone, então fui atender e me dei conta de que – entre todas as pessoas que poderiam ter ligado – era minha avó, com quem eu não falava há anos e que me disse estar de mudança para a Escócia (onde tinha nascido), e essa era a última coisa que eu queria ouvir.

Nesse exemplo extremo, é como se presenciássemos o desenrolar do pensamento do narrador à medida que o texto vai sendo escrito. Poucos sinais de pontuação favorecem tanto esse efeito quanto os travessões e os parênteses. Há ocasiões em que tal estilo pode ser necessário para, por exemplo, registrar criativamente a voz de uma personagem que pense desse modo, ou para imitar um trecho de diário.

*Há apenas dois livros no mundo que terminam com travessão duplo. Um deles é* Uma viagem sentimental, *de Lawrence Sterne, publicado em 1766. Mais tarde, em vista desse feito, o escritor viajante Jonathan Raban homenageia Sterne também terminando com travessão duplo seu livro* Coasting, *sobre uma viagem de barco ao redor da Inglaterra.*

Phyllis Moore, autora de
*A Compendium of Skirts*

• Os travessões e os parênteses podem, portanto, ser usados para ajudar a criar uma impressão de intimidade entre o escritor e o leitor. Além de produzir um efeito de informalidade, sugerem o abandono de toda pretensão, levando o leitor a sentir que espia o mundo particular do autor. (Por certo que, ironicamente, esse tipo de texto é ainda mais calculado, a fim de parecer espontâneo.) Uma obra com travessões e parênteses parecerá mais íntima, talvez menos intimidativa. Por exemplo:

> Dei de cara com um sujeito – você conhece o tipo – presunçoso e cheio de si, que enchia a sala com suas histórias detestáveis (eram realmente péssimas) e ria de suas próprias piadas, a ponto de nos deixar saturados.

Note, porém, que intimidade não é a mesma coisa que fluxo de consciência; muitas vezes surgem lado a lado, mas não necessariamente.

Ao estabelecer o tom e o estilo narrativos, você precisa se perguntar se quer abraçar seus leitores ou mantê-los a uma certa distância. As duas coisas funcionam; depende da sua intenção. No primeiro caso, os travessões e os parênteses podem ajudá-lo a alcançar seu objetivo.

• Os travessões e os parênteses podem contribuir para enriquecer um texto raso. Pode haver momentos em que sua narrativa se mostre muito seca e direta. É inevitável cair nessa armadilha, já que um livro pode se estender por centenas de páginas. Isto pode acontecer em um trecho em que você acelera a exposição dos fatos ou descreve apressadamente um cenário ou uma personagem que lhe pareça insignificante. Neste caso, os travessões e os parênteses podem vir socorrê-lo, não por si sós, mas como meio de introduzir apartes, tangentes e esclarecimentos que confiram ao texto mais profundidade e múltiplas dimensões. Vejamos:

> Ele queria ser paisagista. Meu filho, um paisagista. Depois de três anos na universidade e dez mil libras de empréstimo.

Não se trata de um texto particularmente complexo. Não é espirituoso nem irônico, por exemplo, e falta-lhe estilo e originalidade. Mas se introduzirmos alguns travessões e parênteses, abrimos portas para um outro mundo:

> Ele queria ser paisagista (em meio a tantas possibilidades). Meu filho – um Winston – um paisagista. Depois de três anos na universidade (uma boa universidade, ainda por cima) e dez mil libras de empréstimo.

Talvez isso seja muito estilístico para o gosto de alguns leitores, muito exagerado, mas mesmo assim se nota a diferença. Agora há um ponto de vista forte, um comentário fluente. O texto parece mais pessoal, mais vivo. Claro que o que importa, no final, é o conteúdo entre os travessões e os parênteses, mas nada disto seria possível sem esses sinais como ponto de partida.

Há funções que são mais adequadas para o travessão do que para os parênteses. Quando não vem em par, o travessão é um solitário, trabalha sozinho. É também mais descontraído, menos formal, mais flexível. Vejamos alguns casos em que os dois sinais se diferenciam:

• O travessão único pode ser empregado para deter subitamente uma frase e fazê-la mudar de rumo. Os parênteses também podem levar a uma mudança de rumo, mas, por sua própria natureza (de abrir e fechar), exigem o retorno do assunto. O travessão único não faz essa exigência. Pode mudar a frase sem constrangimento e seguir adiante. Vejamos:

> Preciso contar a papai que Mary telefonou – será que deixei meu casaco no corredor?

> Milhões de soldados morreram na frente leste – o que me lembra que preciso organizar aquela viagem para Volgogrado.

A primeira e a segunda partes da frase não têm ligação uma com a outra, nem precisam ter. Isto explica, em parte, por que o travessão adquiriu a má reputação de "desleixo". Mas essa técnica pode ser usada criativamente, para indicar, por exemplo, o ponto de vista de uma personagem caótica ou distraída, que muda o rumo do pensamento no meio da frase e não retorna ao ponto em que estava.

• O travessão único também pode ser usado no diálogo para indicar um discurso hesitante, incoerente, entrecortado. Por exemplo:

> Se não se importa, senhor – desculpe incomodá-lo – como eu estava aqui por perto – pensei que o senhor não estivesse – tenho uma coisa que precisava lhe perguntar e não sabia quando – espero que este seja um bom momento.

Os parênteses, por sua vez, podem desempenhar certas funções que o travessão não pode:

• É possível inserir em um texto um período inteiro, completo, entre parênteses, o que não pode ser feito com travessão duplo. Tal período pode sustentar-se sozinho, no meio de um parágrafo, por exemplo, como um aparte ao período que o antecede. Claro que esse aparte entre parênteses deve ser suficientemente completo para merecer um período próprio, o que é uma circunstância incomum. Como no exemplo seguinte:

> Estou fazendo uma dieta estritamente vegetariana. (Bem, não estritamente, como peixe de vez em quando.) O médico disse que ela fará maravilhas para o meu coração.

O aparte compõe uma ideia completa, de modo que não se pode encaixá-lo no meio da frase. Ganhou então seu próprio período, graças aos parênteses.

Agora examinemos o uso que fizeram os mestres dos travessões e parênteses. Em *Notas do subterrâneo*, Fiódor Dostoiévski usou parênteses para estabelecer um forte estilo narrativo e quebrar a barreira entre o escritor e o leitor:

> No entanto, quem sabe irritado com essa conversa ociosa (e sinto que o senhor está irritado), ia o senhor me perguntar quem na verdade

eu sou; eu responderia então que sou funcionário público aposentado, de posição humilde, um conselheiro.

Dostoiévski usa os parênteses para introduzir apartes pessoais destinados diretamente ao leitor, chamando a atenção para o texto em si e para o processo de escrita. Recorrendo aos parênteses, ele criou uma atmosfera intimista, fez a voz narrativa parecer menos formal, mais espontânea e, de algum modo, mais autêntica. (Tenha em mente, porém, que, como já mencionamos, os diversos tradutores apresentam diferentes versões de pontuação, de modo que não se deve atribuir necessariamente a Dostoiévski, que escreveu em russo, a pontuação encontrada na tradução brasileira. No entanto, é clara a intenção que se verifica em seu texto.)

John Edgar Wideman usa os parênteses com maestria em seu conto "Fever" [Febre].

> Quando o dissecarem, aquele que decidira ficar, para ser o farol e o porto seguro, encontrarão: fígado (1.720 gramas), baço (150 gramas), rim direito (190 gramas), rim esquerdo (180 gramas), cérebro (1.450 gramas), coração (380 gramas) e, bem perto do coração, a mão pequena de uma criança, congelada em um gesto de agarrar, dedos como duras línguas de fogo, ainda tentando alcançar o prodígio da batida do coração, ainda fascinada, embora o coração esteja frio, não bata, a mão tão curiosa com essa infinita imobilidade quanto estava com a batida surda, com o calor, com a rapidez.

Marcante o uso dos parênteses nesse último exemplo. Superficialmente, parecem introduzir uma informação técnica, prosaica, mas, ao reduzir os órgãos vitais a uma simples indicação de peso, o autor dá a entender que se trata de bem mais do que isso: um ser humano de carne e osso.

Joseph Conrad recorria ao travessão frequentemente e com habilidade. Ao examinar de modo atento *O coração das trevas*, veremos que a obra se apoia fortemente no emprego desse sinal. Eis um belo exemplo extraído dessa obra:

> Duas mulheres, uma gorda e outra magra, sentadas em cadeiras de assento de palha, tricotavam com lã negra. A magra levantou-se e veio

caminhando em minha direção – olhos baixos, sem parar de tricotar –, e, tão logo comecei a pensar em sair de seu caminho, assim como se faz com um sonâmbulo, ela parou e ergueu os olhos.

A estranheza da imagem em que duas mulheres tricotam com lã negra em um edifício vazio e no meio da selva – sem parar por motivo algum – ganha vida com os dois travessões. Ao empregar travessões para descrever a mulher que caminha tricotando, sentimos a surpresa do narrador. O fato de que ela ainda continua a tricotar é introduzido em um aparte, só que inserido no meio da frase, assim como a atividade continua em meio ao trajeto. A pontuação reflete a ação. Essa imagem, aliás, reflete a obra inteira, em que as pessoas continuam suas ações civilizadas, fúteis, em um ambiente primitivo e selvagem.

*É preciso apear de uma ideia, e montar de novo, a cada parêntese.*

Oliver Wendell Holmes

**O PERIGO DO USO EXCESSIVO E INADEQUADO**

Os travessões e os parênteses são tão visíveis que qualquer uso inadequado será notado de imediato. Assim como acontece com o dois-pontos, sua ausência não chama a atenção do leitor; mas, empregados com muita frequência, podem ser extremamente inoportunos. Os problemas advindos do mal uso desses sinais são muitos e variados. Examinemos detidamente cada um deles:

• O mais incômodo é o uso excessivo. Há escritores obcecados com os parênteses e que usam o travessão como se fosse espada, abrindo caminho a cada frase. Isto já basta para arruinar um texto. Vejamos:

A emigração de norte-americanos nativos (como são hoje chamados) foi (em certa medida) estimulada pela chegada das colônias (as que sobreviveram), e também decorreu (de acordo com os que testemunharam o fato) de uma necessidade de espaço.

Sempre que surge um parêntese, pede-se ao leitor que deixe de lado uma ideia para acompanhar uma digressão. É como deixar alguém esperando ao telefone. Uma vez pode ser aceitável. Talvez até duas. Mas se repetir isso várias vezes a pessoa provavelmente se aborrecerá e acabará desligando.

• Um problema frequente é a ocorrência de orações excessivamente longas entre travessões ou parênteses. Nesse caso, o leitor se desvia demais da ideia principal e pode perdê-la de vista. É como deixar alguém esperando ao telefone por dez minutos e, em seguida, retomar a conversa no meio de uma frase, esperando que o interlocutor se lembre do que estava sendo dito. Por exemplo:

> Ela chegou com dez minutos de atraso, usando seu vestido preto (que lhe custara as economias de muitos anos, que fora motivo de intermináveis discussões entre nós e que ela devolvera três vezes à loja) e tocando demoradamente a campainha.

A ideia principal acaba sendo soterrada pelo aparte. O aparte não deve passar disso – de um aparte. Já é suficientemente difícil desenvolver uma ideia e sustentá-la. Se o aparte for mesmo muito importante, então que seja inserido no corpo do texto. Do contrário, perde-se o objetivo do período. Nesse exemplo, a intenção era informar que a pessoa "chegou atrasada" e tocou "demoradamente a campainha". Mas o período acabou sendo tomado pela ideia do vestido.

• Uma das maneiras mais fáceis de entender o uso do travessão é compará-lo com outro sinal com que costuma ser confundido: o dois-pontos. O travessão e o dois-pontos apresentam função semelhante quando se trata de introduzir uma ideia. Mas há uma diferença significativa entre eles. O dois-pontos indica que o texto a seguir está intrinsecamente relacionado ao texto que o antecede; um clímax, por exemplo. Já o travessão pode surgir em qualquer ponto da frase, e o texto que vem em seguida não precisa de modo algum relacionar-se com o que o antecedeu; é mais provável, aliás, que o travessão assinale uma quebra de raciocínio, uma interrupção ou um aparte. Por exemplo, é possível escrever:

> Levarei você comigo – se você quiser.

Mas não:

> Levarei você comigo: se você quiser.

"Se você quiser" é um pensamento subsequente, não um clímax; portanto, não deve vir depois de dois-pontos.

Por outro lado, na maioria dos casos, não se deve usar travessão para efeito de dois-pontos. É possível, por exemplo, escrever:

> Tenho uma coisa a dizer: eu te amo.

Mas não:

> Tenho uma coisa a dizer – eu te amo.

"Eu te amo" é o clímax de "Tenho uma coisa a dizer", o que requer o uso de dois-pontos. Um travessão nesse texto denotaria incorretamente um pensamento subsequente ou aparte.

Há, porém, uma função que o dois-pontos e o travessão compartilham: a de preparar o cenário para o desdobramento do texto que os antecede. Na minha opinião, esse uso ultrapassa a competência do travessão; tal função é mais bem desempenhada pelo dois-pontos. No entanto, muitos grandes autores discordam disto e usam o travessão com essa finalidade. Vejamos o exemplo seguinte, extraído de "The Tomcat's Wife" [A esposa de Tomcat], de Carol Bly:

> Preparávamos o costumeiro prato de velório – carne de porco assada moída, rosbife moído, duas cebolas picadas, três gemas de ovo cozidas e picadas e molho Miracle Whip.

O travessão aí funciona como dois-pontos. Além disso, confere ao texto um tom menos formal, favorecendo a enumeração acima.

Note a maestria com que Bly usa o travessão para descontraidamente explicar o "prato de velório", introduzindo o mundano em um acontecimento solene e fazendo o leitor perceber que as personagens já estiveram em muitos velórios. F. Scott Fitzgerald, em *O grande Gatsby*, usa o travessão do mesmo modo:

> Mais ou menos a meio caminho entre West Egg e Nova York, a estrada de rodagem de repente se junta à estrada de ferro e passa a acompanhá-la por uns quatrocentos metros, como que para se esquivar de uma área desolada. É o vale das cinzas – uma fantástica propriedade rural onde as cinzas crescem como trigo, formando montes, cimos e jardins grotescos, tomam a forma de casas, chaminés, fumaça subindo e, por fim, com um transcendente esforço, a forma de homens que se movem de modo sombrio, já se desintegrando no ar cheio de pó.

Nesse exemplo, o travessão prepara o cenário para Fitzgerald se estender sobre o significado de "vale das cinzas", função que poderia ser desempenhada pelo dois-pontos. Reafirmo que, também neste caso, prefiro o dois-pontos, mas é importante você saber que o travessão pode ser empregado com o mesmo propósito.

• Um erro comum é o uso de apenas um travessão quando se devem usar dois. Os escritores que não dominam inteiramente o conceito do travessão duplo às vezes introduzem um texto depois do travessão, mas não o fecham, deixando o leitor prosseguir a leitura sem saber onde termina o aparte. Por exemplo:

> Levei meu filho ao jogo – ele estava me pedindo isso havia um ano, e o tempo estava ótimo.

Um período assim exigirá que o leitor o releia várias vezes, até finalmente desistir e seguir em frente. É como um trem que muda de trilhos, pretendendo voltar depois à linha principal, mas nunca volta. A certa altura, o leitor perceberá que há um erro, e que o texto deveria ser assim:

> Levei meu filho ao jogo – ele estava me pedindo isso havia um ano – e o tempo estava ótimo.

Curiosamente, é raro os escritores cometerem esse erro com os parênteses; talvez porque o uso desse sinal esteja tão bem assimilado que eles nunca considerem começar um aparte com um parêntese sem fechá-lo. O travessão duplo, no entanto, nem sempre é tratado com o mesmo respeito.

• Por fim, em algumas frases, os parênteses são usados como muleta. Como afirmou Charles Boyd em *Grammar for Great and Small* [Gramática para adultos e crianças], de 1928, "o teste, quando se usam os parênteses, é verificar se as outras palavras fazem sentido sem eles". Grande verdade. Os parênteses devem enriquecer o período em questão – nunca ser parte integrante de sua construção. Por exemplo:

> O prédio foi construído (à moda antiga) e, portanto, podia resistir a qualquer tempestade.

Se removermos o texto entre parênteses, veremos que a construção não funciona:

> O prédio foi construído e, portanto, podia resistir a qualquer tempestade.

Verificamos então que não se trata realmente de um aparte e que os parênteses não devem ser empregados:

> O prédio foi construído à moda antiga e, portanto, podia resistir a qualquer tempestade.

Se a frase não se sustenta por si só quando se retiram os parênteses, isto significa que não é adequado usá-los; neste caso, você deve remover os parênteses e reconstruir a frase.

**CONTEXTO**

Quando tudo é um aparte, nada é um aparte. O uso excessivo de travessões e parênteses diminui a força desses sinais. O escritor que raramente faz uso deles poderá utilizá-los com rendimento máximo, quando for preciso. Seja econômico e sempre leve em conta o contexto geral da obra.

• Os travessões e os parênteses atraem a atenção, dominam a frase e empurram para fora outros sinais de pontuação. Por exemplo, o travessão que introduz uma reflexão subsequente retira a força do ponto final: se uma pausa for introduzida pouco antes do fim da frase, o ponto final terá pouco impacto. Ao usar travessão ou parênteses, verifique se compensa diminuir a força de uma vírgula, ponto e vírgula ou ponto final próximos. Qual sinal de pontuação precisa produzir maior impacto para expressar a intenção do texto? Examinemos o seguinte exemplo extraído de *The Linguist and the Emperor* [O linguista e o imperador], de Daniel Myerson.

> Assim proclama a "parteira" – Robespierre, o "Incorruptível" – orador habilidoso cujos discursos arrebatadores o ajudaram a tomar o poder (um poder mantido por meio de denúncias, espiões e velhacos fanáticos).

Nesse exemplo, Myerson usa tanto o travessão duplo quanto os parênteses em um só período, tornando-o muito mais rico, mais interessante, mais complexo. Note como é forte o seu uso e como eles empalidecem os outros sinais de pontuação.

• Tenha em mente que travessões e parênteses não são os únicos sinais que demarcam o texto: um par de vírgulas também pode exercer essa função. A demarcação por vírgulas não é tão impactante nem tão forte quanto a realizada por travessão duplo ou parênteses, nem tão versátil, já que o texto entre vírgulas deve estar intrinsecamente relacionado com o resto da frase. As vírgulas podem, no entanto, executar a tarefa. Por exemplo:

> Disse a Jennifer que sentia falta dela e que – se ela quisesse – eu lhe escreveria.

Também é possível:

> Disse a Jennifer que sentia falta dela e que, se ela quisesse, eu lhe escreveria.

Pode haver casos em que você queira substituir os travessões ou os parênteses por vírgulas, já que um par de vírgulas permite um fluxo de texto mais suave e com menos obstáculos do que os travessões e os parênteses. Inversamente, talvez você prefira substituir o par de vírgulas por travessões e parênteses, caso queira causar mais impacto, ou se já houver vírgulas demais no texto. Note que parênteses e travessões ajudam a evitar confusão de sentido em uma frase carregada de vírgulas.

• Do mesmo modo, os travessões e os parênteses não são os únicos sinais de pontuação que podem indicar uma reflexão subsequente. As vírgulas também fazem essa função:

> Eu ia dizer às crianças que parassem de gritar – mas caí de novo no sono.

Também é possível:

> Eu ia dizer às crianças que parassem de gritar, mas caí de novo no sono.

Também o ponto final pode executar essa tarefa:

> Eu ia dizer às crianças que parassem de gritar. Mas caí de novo no sono.

Como se vê, o uso da vírgula para introduzir uma reflexão subsequente não causa o mesmo impacto, enquanto o ponto final dá uma sensação de desconexão. Além disso, nenhum desses dois sinais é tão eficaz ou natural quanto o travessão. Tudo depende do efeito pretendido. Antes de decidir de modo precipitado pelo uso do travessão ou dos parênteses, tenha em mente as diversas alternativas.

Vamos concluir com um exemplo de Melville, que empregava com frequência os travessões. Eis um trecho de seu conto "The Paradise of Bachelors and the Tartarus of Maids" [O paraíso dos solteiros e o inferno das donzelas]:

> Atordoado com o ruído e salpicado da lama de Fleet Street – por onde os comerciantes Benedick andam apressados, atolados em regras,

pensando na alta do pão e na queda da taxa de natalidade –, você dobra rapidamente uma esquina mística – não uma rua –, segue por um caminho mal iluminado, monástico, ladeado por edifícios escuros, sóbrios, solenes, e, indo em frente, sai deste cansado mundo e, desembaraçado de tudo, detém-se sob as silenciosas arcadas do Paraíso dos Solteiros.

Neste exemplo, Melville consegue usar quatro travessões em um único período, prolongando-o com tal recurso. Um período tão longo nos dá a impressão de assimilar mais profundamente o cenário, põe-nos a virar esquinas, a seguir pelas ruas. Note também a abundância de vírgulas, fazendo-nos parar a cada virada, forçando-nos a ir devagar, a observar tudo. A pontuação aí reflete verdadeiramente o conteúdo e contribui para dar-lhe vida.

## O QUE O USO DE TRAVESSÕES E PARÊNTESES REVELA SOBRE O ESCRITOR

### O travessão

Um texto repleto de travessões pode indicar diversos problemas, conforme se trate de um autor experiente ou amador. No caso de um escritor experiente, o uso excessivo do travessão (principalmente o travessão único) revela um escritor de estilo prolixo. Tais escritores se esforçam para criar uma impressão de informalidade, de intimidade entre eles e os leitores, e seu principal objetivo é provar a ausência de premeditação. O fato, porém, de se darem a esse trabalho é indicativo de um grau de premeditação ainda maior. Esses escritores costumam se preocupar excessivamente com a impressão que causam, mostram-se ansiosos demais pela aprovação dos leitores. Com isto, é claro, acabam perdendo aquilo que buscam.

Já no caso dos amadores, o uso excessivo do travessão indica simplesmente preguiça e desleixo. Tais escritores não valorizam a revisão, aceitam a primeira versão tal e qual está. Indica também ausência de disciplina mental.

Os que quase não usam o travessão se preocupam demais com a formalidade, mostram-se avessos à experimentação. Não se arriscam o bastante, e é possível que suas personagens não cheguem a percorrer uma trajetória extraordinária, nem a fazer uma grande descoberta ou revelação. Mantêm-se nos níveis de segurança. O aspecto positivo, no entanto, é que são menos propensos à indisciplina mental, e é provável que deem mais ênfase à revisão.

**Os parênteses**

Diversos podem ser os motivos para o uso excessivo dos parênteses. No caso de um escritor amador ou desleixado, o uso excessivo costuma indicar indisciplina mental. Também indica aversão à revisão (talvez por motivos egoicos, talvez por preguiça) ou incapacidade de perceber os próprios erros na revisão, apesar de disposto a revisar. Nem todos os escritores são bons revisores de suas próprias obras.

O uso excessivo desses sinais de pontuação também pode ser motivado pelo impulso acadêmico de não omitir detalhe algum. Certos escritores creem que o simples fato de transferir uma nota de rodapé para o texto principal (por meio de aparte entre parênteses) torna-o bem-acabado. Não é verdade. Nos livros, de maneira geral, as notas de rodapé devem permanecer onde estão, ou melhor ainda, ser completamente eliminadas. Deve-se encontrar um modo de dizer no próprio corpo do texto aquilo que precisa ser dito. Os fatos são para as enciclopédias. Os livros devem propiciar uma experiência de leitura fluente.

O uso excessivo desses sinais pode ainda ser motivado pelo impulso de evitar uma posição firme. Não há melhor maneira de sorrateiramente inserir ressalvas do que usar travessões e parênteses. Os leitores, porém, anseiam por textos seguros, competentes; um texto cheio de ressalvas somente os fará respeitar menos o autor.

Além disto, o uso excessivo desses sinais pode decorrer do propósito de escapar da elaboração da ideia ou do argumento principal. Abusar de apartes é um modo fácil de evitar um argumento único. Isto pode ocorrer por falta de confiança do escritor em sua própria autoridade. Também é possível que o uso descomedido desses sinais resulte do zelo excessivo com o estilo, do desespero em criar uma impressão de intimidade ou espontaneidade. Ironicamente, tal estilo é ainda mais calculado, já que se trabalha mais o texto. Os leitores costumam notar o recurso e simplesmente perdem o interesse.

De um modo geral, os escritores que abusam do uso dos parênteses (ou do travessão duplo) são mais propensos a pensar digressivamente. Costumam ter um curto espectro de atenção, distrair-se facilmente e transbordar de informações e de impaciência para transmiti-las todas. Sem se preocupar devidamente com o leitor, depositam muita confiança em seus próprios poderes e na primeira versão, não se dispondo a voltar atrás e reescrever a fim de evitar os parênteses. Tais escritores costumam ser espontâneos. Também costumam perder o fio do pensamento, começar um parágrafo em um tom e terminá-lo em outro. É provável que escrevam textos mais ricos e mais originais, mas também será mais difícil entendê-los – muitas vezes não no bom sentido.

Assim como o uso dos parênteses geralmente indica um escritor espontâneo, impulsivo, que dá espaço para digressões e apartes, o que raramente os utiliza é em geral menos espontâneo, mais calculista, mais formal. O aspecto positivo deste último é que ele sabe que a informação deve vir no lugar adequado. Além disto, será um pensador metódico, o que é uma faca de dois gumes, pois tal escritor é mais propenso a deixar as digressões de lado, possivelmente à custa de produzir um texto menos rico. Pode ater-se demais à estrada estreita que vê pela frente e mostrar-se menos disposto a explorar os desvios que encontra pelo caminho.

## EXERCÍCIOS DO CAPÍTULO

1) Conte o número de travessões e parênteses presentes em seu texto. Quantos de cada um aparecem na primeira página? Quantos no primeiro capítulo? Caso encontre mais de dois apartes entre parênteses ou travessões por página, é provável que haja um excesso. Por outro lado, se notar que não usou nenhum desses sinais, é possível que seu texto seja muito cerebral, não tão rico quanto poderia. O primeiro passo é conscientizar-se disso.

2) Em muitos casos, é melhor transformar os apartes entre parênteses ou travessões duplos em frases incorporadas ao próprio texto, ou simplesmente não usá-los. Examine cada caso e verifique se são realmente necessários. Algum poderia

ser eliminado? Se não, verifique se o conteúdo da digressão deve permanecer no meio do período. É possível dar a esse conteúdo um período próprio?

3) Algum aparte entre parênteses ou travessão duplo em seu texto está longo demais? Procure algum aparte longo e verifique se ele perdeu força ou comprometeu a ideia principal. É possível encurtá-lo? Cortá-lo? Dar-lhe um período próprio?

4) Como já mencionado, os travessões e os parênteses podem ser usados para dar mais sabor a partes do texto que pareçam simples ou diretas demais. Há trechos assim em seu texto? Recorrendo ao travessão duplo ou aos parênteses, acrescente um aparte ou dois. Seja menos contido. Que mudanças você percebe no texto?

# 6 As aspas (as trombetas)

*Embora a versão autorizada da Bíblia seja repleta de discursos, diálogos e discussões, nela não se encontram aspas. Isto dificilmente seria possível hoje em dia.*

Graham King, *Collins Good Punctuation*

No mundo da pontuação, as aspas são o sinal mais visível. Elas se elevam acima do texto, em posição de destaque; vêm em pares, causando impacto duas vezes; e sua presença frequentemente exige a abertura de parágrafo, o que faz com que a aspa inicial apareça distante da margem. Como se isso já não fosse suficientemente dramático e chamativo, muitas vezes as aspas surgem em série, descendo em cascata pela página, cada par a exigir um novo parágrafo e mais um recuo em relação à margem. Acrescentam visibilidade à visibilidade até que acabam predominando na página.

As aspas também se distinguem por indicarem o fim de um domínio (prosa) e o começo de outro (diálogo)*; assim sendo, constituem uma das mais poderosas ferramentas para realçar um conteúdo. Aliás, estudar as aspas – sua presença, ausência, uso excessivo ou infrequente – é estudar o diálogo propriamente dito. Seu uso

* Na língua inglesa escrita, as aspas são o meio por excelência para a indicação de diálogos em prosa, e como tal são apresentadas neste capítulo. No português, por outro lado, o travessão é tão usado quanto as aspas para essa finalidade, ou, quem sabe, até mais usado. Na prática, os usos desses sinais têm muitos aspectos em comum, de modo que as lições deste capítulo podem ser aplicadas com proveito ao uso do travessão para introduzir e demarcar a voz dos personagens na prosa. (N. T.)

não se limita, é claro, ao diálogo: também introduzem palavras ou frases que indicam ironia, sarcasmo ou algum sentido especial. É impossível ouvir esses toques de sirene e não prestar atenção. As aspas são, portanto, as trombetas do mundo da pontuação.

## COMO USÁ-LAS

As aspas são mais flexíveis do que a maioria dos escritores reconhece. Muitas vezes são usadas de modo puramente funcional, o que é uma pena, porque podem sutilmente enriquecer o texto. Eis alguns modos de usá-las:

• Para modificar o andamento do texto. O diálogo é um grande acelerador. Nada tem tanta força para modificar o ritmo, quer para acelerar, quer para desacelerar. Em qualquer livro é possível verificar que a leitura se acelera bastante quando se chega a um trecho de diálogo; ao ler uma peça de teatro o leitor vira as páginas duas ou três vezes mais depressa do que ao ler um livro. O diálogo tradicional não pode ser indicado sem as aspas e, nesse sentido, os dois são codependentes.

Portanto, a presença das aspas acelera o andamento da obra. Isto pode ser útil em trechos de ritmo lento, por exemplo, nos longos trechos de prosa. Por outro lado, a remoção das aspas diminui significativamente o ritmo. Isto pode ser útil em trechos de ritmo muito acelerado, em que o leitor precise de embasamento e tempo para processar a informação.

Vejamos o seguinte exemplo, extraído do conto "Mortals" [Mortais], de Tobias Wolff:

> "Mas o que aconteceu?", perguntou-me o editor de notícias locais.
>
> "Bem que eu gostaria de saber."
>
> "Isso não basta", disse a mulher.
>
> "Dolly está bastante chateada", observou Givens.
>
> "Tem todo o direito de estar", respondeu o editor. "Quem telefonou para dar a notícia?", ele me perguntou.
>
> "Para falar a verdade, não me lembro. Suponho que tenha sido alguém da casa funerária."

"Você retornou a ligação?"
"Não, creio que não."
"Verificou com a família?"
"Aposto que não", disse a sra. Givens.
"Não", respondi.

Note como a abundância de aspas acelera o andamento da leitura, imprimindo-lhe velocidade (claro que esse efeito em grande parte se deve às frases curtas do diálogo). Parece que o diálogo vai e vem vertiginosamente, com pouca pausa entre as falas. Disto resulta uma leitura bem mais rápida. Por certo que não é possível manter esse ritmo ao longo de todo o livro, mas, depois de um longo trecho de prosa, um diálogo como esse proporciona um descanso para o leitor. No caso de Wolff, evoca também um tom seco, incisivo, que capta de modo brilhante a atmosfera da sala de redação do jornal.

• As aspas podem proporcionar um descanso para a prosa. Todo livro apresenta dois mundos: o mundo da prosa e o do diálogo. Os dois executam uma dança, acelerando a obra, desacelerando-a, preparando o palco para a cena, deixando-a desenrolar-se. O leitor percebe isso inconscientemente, e às vezes percorrerá o texto com os olhos até encontrar um trecho de diálogo; quando impaciente, como nos momentos de suspense, talvez leia primeiro o diálogo a fim de saber o que acontecerá, para depois voltar à prosa. É como se prosa e diálogo fossem duas entidades distintas vivendo no mesmo livro.

O diálogo oferece ao leitor um descanso visual da prosa, de períodos que talvez se estendam por uma página inteira. Chegar a um trecho de diálogo é como esticar as pernas depois um longo tempo ao volante do carro: proporciona ao leitor o vigor de que ele precisa para retomar a leitura, para voltar ao denso mundo da prosa. Esse descanso não seria possível sem as aspas e o intervalo que elas exigem.

• As aspas podem ajudar a indicar a passagem do tempo. A maioria dos escritores costuma empregar as aspas apenas para abrir e fechar uma fala de diálogo; raramente consideram a possibilidade de colocá-las no meio do diálogo. Por exemplo:

> "Amo você, sabia disso?", ele confessou.

Esse é o uso padrão. No entanto, as aspas nem sempre precisam ser tão diretas. Podem se posicionar dentro do diálogo para produzir efeitos sutis, como a sensação de tempo transcorrido. Veja o que acontece quando quebramos a fala:

> "Amo você", ele confessou, "sabia disso?"

Agora há uma breve pausa entre "Amo você" e "sabia disso?", que pode ficar melhor na cena, dependendo da intenção do escritor. Isto pode ser levado ainda mais longe:

> "Amo você", ele confessou. "Sabia disso?"

Neste último exemplo, há um ponto final depois de "ele confessou", e "Sabia disso" começa com maiúscula, indicando uma nova frase. Isto sugere uma finalização depois de "Amo você", além de uma passagem de tempo mais demorada. Por meio de uma outra distribuição das aspas, conseguimos um efeito bem diverso para a mesma linha de diálogo. Claro que as aspas não poderiam alcançar esse resultado sem alguma ajuda da vírgula e do ponto final. Assim, começamos a perceber o quanto os sinais de pontuação são interdependentes (vamos explorar isso mais adiante).

Eis um exemplo, extraído do romance *Cold* [Frio], de John Smolens:

> "Está bem", ela disse. "Pode entrar."
>
> Ele imediatamente começou a caminhar, erguendo as pernas para fora da espessa camada de neve.
>
> "Devagar", disse ela. "E mantenha as mãos ao lado do corpo, onde eu possa vê-las."

Ao quebrar o diálogo com pares de aspas adicionais, Smolens nos faz perceber a pausa dentro da fala, bem como a desaceleração do ritmo quando uma personagem observa a outra e decide o que fazer.

• As aspas ajudam a criar no diálogo um efeito de revelação ou conclusão. Por exemplo:

> Ele disse "Amo você, sabia disso?"

Colocar o "Ele disse" antes do diálogo é algo que raramente se vê. Não é um recurso para ser usado com frequência, já que chama demais a atenção. Há, contudo, ocasiões em que você talvez queira ter essa opção. Esse posicionamento das aspas sugere que o diálogo a seguir será mais calculado, mais conclusivo, talvez até uma revelação. O efeito é sutil. Se introduzirmos dois-pontos, o efeito se tornará mais visível:

> Ele disse: "Amo você, sabia disso?"

Note o efeito de conclusão agora presente; parece que a fala vai finalizar a cena – seria, aliás, difícil continuar o diálogo depois disso.

Stephen Crane chega a concluir seu conto "The Little Regiment" [O pequeno regimento] com um par de aspas:

> Depois de uma série de mudanças, o homem com bandagens acabou se aproximando naturalmente daquele que vira as chamas. Ele fez uma pausa, e houve um breve silêncio. Por fim, ele disse: "Olá, Dan."
>
> "Olá, Billie."

O dois-pontos que antecede a primeira fala nos faz sentir a pausa, que é acentuada ainda mais pelo parágrafo antes da fala final. Diante do contexto, o fato de as aspas surgirem bem no fim de um longo parágrafo (resumido nesse exemplo) nos faz perceber ainda mais seu peso. É um modo marcante de terminar uma história.

• As aspas ajudam a quebrar longos trechos de diálogo, que podem ser tão cansativos quanto longos trechos de prosa. O andamento pode se tornar rápido demais, dando a sensação de um texto descuidado. Caso haja alguma personagem muito prolixa ou propensa a fazer discursos, sua arenga pode cansar o leitor. Vejamos:

> "Não consigo enxergar nada desde a minha operação. O médico disse que o clarão iria embora, mas não foi. Grande surpresa. Nunca encontrei um médico que me dissesse a verdade. Os médicos são todos iguais. Juro, seria uma felicidade nunca mais voltar a ver um deles. Aceita um conhaque?"

É muita coisa para o leitor assimilar de uma vez só; além disto, é desconcertante o fato de a personagem mudar de assunto sem dar pausa. Com as aspas, no entanto, é possível oferecer ao leitor um descanso natural que lhe dê energia para prosseguir:

> "Não consigo enxergar nada desde a minha operação. O médico disse que o clarão iria embora, mas não foi. Grande surpresa. Nunca encontrei um médico que me dissesse a verdade. Os médicos são todos iguais. Juro, seria uma felicidade nunca mais voltar a ver um deles", ele disse. "Aceita um conhaque?"

Caso se opte por quebrar o diálogo desse modo, a quebra deve vir em um momento de pausa natural da fala, por exemplo, quando se quer que algo seja assimilado. Na vida real, pouca gente fala de modo ininterrupto; as pausas naturais são abundantes no diálogo, pois as pessoas se mexem na cadeira, cruzam as pernas, bebem um gole de café, olham pela janela. Cabe a quem escreve encontrar esse momento.

A quebra do diálogo por meio de aspas serve também para outro propósito: deixar claro quem está falando, o que talvez seja necessário em um longo diálogo entre várias personagens. Vejamos:

> Jack e Dave entraram na sala.
> "Você tem uísque? Seria bom tomar um drinque."
> "Acho que não. Veja no armário."

Não é recomendável deixar o leitor desperdiçar sua preciosa energia para tentar descobrir quem está falando. Algumas aspas a mais podem, no entanto, fazer toda a diferença:

Jack e Dave entraram na sala.
"Você tem uísque?", perguntou Jack. "Seria bom tomar um drinque."
"Acho que não. Veja no armário."

Ou ao contrário:

Jack e Dave entraram na sala.
"Você tem uísque? Seria bom tomar um drinque."
"Acho que não", respondeu Dave. "Veja no armário."

Note que basta quebrar o diálogo apenas uma vez para deixar claro quem está falando. Os dois exemplos são aceitáveis, embora seja preferível identificar de imediato quem fala, para que o leitor não perca tempo tentando descobrir.

• Às vezes a ausência das aspas pode causar um impacto maior. Quando se tem um diálogo, espera-se pelas aspas; mas, se elas não estão presentes, é forte o efeito. Para representar o diálogo sem as tradicionais aspas, é preciso empregar outro sinal, como o travessão (que exploraremos em profundidade mais adiante), ou fazer uma paráfrase em discurso indireto. Por exemplo:

Ela disse que não queria mais falar comigo.

Há ocasiões em que a paráfrase pode ser bastante eficaz. Uma das razões para isso é que o diálogo parafraseado passa pelo filtro do ponto de vista ou da recordação de outra personagem, o que significa que ele se torna igualmente uma expressão da personagem que o comunica. Nesse último exemplo, será que ela realmente disse "Não quero mais falar com você"? Ou seria essa a percepção do narrador? Ou será que ele ou ela estão mentindo? É como o jogo telefone-sem-fio: quando a mensagem chega a você, chega modificada em pelo menos um ponto. Quem mudou – e como – é muitas vezes mais interessante do que o próprio diálogo.

• Por fim, não é só no diálogo que podemos usar as aspas. Elas têm um uso fora desse domínio, que é o de demarcar palavras, frases ou locuções a fim de indicar que não devem ser lidas literalmente.

As aspas podem modificar de muitas maneiras a leitura de uma palavra, frase ou locução, por exemplo, para assinalar ironia ou sarcasmo. Como observa Lynne Truss em *Eats, Shoots & Leaves*, as aspas "às vezes são utilizadas por escritores exigentes como uma espécie de luva de borracha linguística para distanciá-los de palavras vulgares ou clichês que eles não usariam normalmente por serem refinados demais". Por exemplo:

> É, estava "frio" mesmo. Precisei trocar duas vezes de camisa até parar de suar. É a última vez que lhe dou ouvidos.

> O "sorriso" do banqueiro me deu arrepios na espinha.

Palavras entre aspas também podem indicar que o que estamos lendo é a interpretação de outra pessoa:

> Meu professor de piano me deu mais uma "aula". Não foi uma aula de fato. Tocamos por dois minutos, e ele passou o resto da hora tentando me seduzir. Que imbecil!

Vejamos alguns exemplos da literatura. Dan Chaon usa bem essa técnica em seu conto "Big Me" [Grande eu]:

> Antes disso, tudo se resumia ao tranquilo clarão da infância, crescendo na pequena cidade de Beck, Nebrasca. "Cidade", nós a chamávamos. Na verdade, a população não chegava a duzentos habitantes, e o lugar era apenas um ponto no mapa ao longo da Rodovia 30, que nem sequer fazia as pessoas reduzirem a marcha ao passar, embora alguns desconhecidos às vezes parassem no pequeno posto de gasolina perto do elevador de cereais, ou no café, para comer.

Entre aspas, a palavra "cidade" não deve ser entendida literalmente; Chaon, aliás, explica como era essa "cidade". Elizabeth Barrett Browning usa uma técnica semelhante em seu "Soneto 20", de *Sonnets from the Portuguese*:

> Diz mais uma vez, e outra ainda,
> Que me amas. Embora a palavra repetida

Possa parecer "o canto do cuco", como ousas dizer,
Lembra-te de que nunca à colina, à planície,
Ao vale ou ao bosque, sem o canto do cuco,
Chega o frescor da Primavera a sua verde completude.

Aí Browning cita seu amante e passa a brincar com o sentido da citação, transformando-a em uma analogia com a primavera e com algo transcendente.

Em qualquer desses usos, as aspas podem transformar a palavra ou frase em algo distinto.

*As aspas assinalam que há uma diferença entre o que é pensado e o que é dito, entre o interior e o exterior da mente de uma personagem. E desde que Joyce tornou indistintos os contornos dessa diferença em* Um retrato do artista quando jovem, *elas podem ser usadas para orientar o leitor, mas nunca de modo a intrometer-se na narrativa ou empobrecê-la. Hemingway e Carver usam as aspas para produzir um efeito brilhante; seus diálogos crepitam e reluzem sem que as aspas jamais desacelerem o ritmo da leitura ou façam o diálogo parecer texto corrido. Sempre sentimos que estamos com eles na sala, ouvindo gente de verdade falar, e deixamos de enxergar as aspas. É esse o grande modo de usar esse sinal de pontuação: quando não notamos que ele está lá.*

Paul Cody, autor de *Shooting the Heart*

Examinemos mais alguns exemplos da literatura clássica. Flannery O'Connor empregava as aspas de modo brilhante. Eis um trecho de seu conto "Revelação":

A sra. Turpin pousou a mão firme no ombro de Claud e disse-lhe, em um tom de voz que qualquer um poderia escutar, "Claud, sente-se naquela cadeira ali", e o empurrou na direção do assento vazio.

Em vez de seguir a convenção e colocar as aspas em um parágrafo distinto, O'Connor introduz a fala no meio de uma frase longa. Com isto, a fala fica parecendo uma extensão da ação, dando-nos a sutil impressão de que não há distinção entre o gesto e a fala da sra. Turpin. Sua fala parece uma ordem, não um pedido, principalmente porque ela não espera por uma resposta. Isto está perfeitamente de acordo com a personagem e seu modo de se relacionar, já que ela é mesmo autoritária, opressiva e faz tudo ao mesmo tempo, às pressas. Todos esses aspectos são bem capturados com o posicionamento adequado das aspas.

Kafka faz igualmente um uso habilidoso das aspas. Vejamos a fala de abertura de seu famoso conto "Na colônia penal":

> "É um aparelho notável", disse o oficial ao explorador, examinando com um certo ar de admiração o aparelho que, afinal de contas, lhe era familiar.

Kafka também poderia ter seguido a convenção e colocado o ponto final logo depois de fechar as aspas, ou depois de "oficial", ou depois de "explorador". Em vez disso, preferiu estender o período, terminando-o muito além do ponto onde ele normalmente terminaria. Tudo isso se reflete nas aspas, já que elas iniciam o período. Nesse exemplo, o período prolongado captura com perfeição a atitude mental do oficial, um homem tão ansioso para exibir seu aparelho que mal pode esperar o final de sua fala para examiná-lo. Kafka, aliás, registra o momento crucial do conto em um único período.

John Updike usa com perícia as aspas em seu conto "A&P":

> As moças, e quem haveria de culpá-las, têm pressa de sair, então digo a Lengel "Estou saindo", com presteza suficiente para que elas ouçam, na esperança de que parem e me vejam, a mim, seu insuspeitado herói.

O fato de o narrador se ausentar é um momento significativo do conto; encontra-se, porém, escondido, entre aspas, no meio de um período mais longo. Updike quer que o leitor trabalhe ao ler esse trecho, quer assegurar uma leitura atenta. Ao posicionar as aspas dessa maneira, ele também reflete o conteúdo, evocando o sentimento do menino que está de saída no meio da frase, no meio da ação, de modo espontâneo, inseguro de si.

> Era também ridículo, injusto, e como ele sempre fora um homem religioso, era de certo modo uma afronta a Deus. Manischevitz acreditava nisso, mesmo com todo seu sofrimento. Quando seu fardo se tornava pesado demais a ponto de subjugá-lo, ele rezava em sua cadeira, olhos fundos, fechados: "Meu Deus, bondoso Deus, será que mereço isso?" Em seguida, reconhecendo a inutilidade daquilo, deixava de lado a queixa e suplicava humildemente por ajuda: "Permita que Fanny recupere a saúde, e que a dor me dê algum descanso. Ajude-me agora porque amanhã será tarde demais. Isso nem preciso lhe dizer." E Manischevitz chorava.

Trata-se de um trecho de "Angel Levine" [Anjo Levine], de Bernard Malamud. Notável o uso das aspas. Em vez de dar a cada fala um parágrafo (como seria o normal), Malamud as enterra perto do fim de um longo parágrafo (que é, na verdade, bem mais longo, mas foi cortado para servir de exemplo aqui). Além disso, não conclui com aspas o parágrafo, mas prossegue com uma última frase, enterrando as aspas ainda mais. O sentimento evocado é de desespero, de sufocamento, de diálogo sem resposta, de um homem que chegou ao limite de suas forças.

### O PERIGO DO USO EXCESSIVO E INADEQUADO

O uso abundante de aspas significa abundância de diálogos. Um texto em que predomine o diálogo geralmente terá um andamento desigual e muito rápido; com frequência não será ancorado nem nos personagens, nem no enredo, nem na ambientação, que são os alicerces de um livro. Isto vale igualmente para textos desprovidos de aspas (portanto, de diálogo). Nestes predominará a prosa, e não tardará para que os leitores se vejam em busca de ar. O andamento se tornará cada vez mais lento, e as chances de o leitor continuar a leitura diminuirão a cada página. O excesso de diálogos funciona bem em roteiro de cinema, mas o romance é um veículo diferente, que requer uma dança entre diálogo e prosa; pede que se conceda a cada um seu próprio espaço e tempo. Se um livro pender demais para qualquer dos lados, ficará desequilibrado.

É preciso encontrar o equilíbrio exato entre esses dois mundos, o que nem sempre é fácil. Haverá momentos em que o andamento rápido cairá bem e outros em que desacelerar será benéfico. Submeter seu texto a outros leitores poderá ajudá-lo a ter uma perspectiva objetiva desse aspecto, mas, enquanto isso, se você se sentir inseguro, observe o uso das aspas; isto lhe dará uma visão imediata do problema. Muitos defeitos podem então se revelar:

• Alguns escritores mudam a ordem das aspas dentro do diálogo sem ter um bom motivo para isso. Poucas coisas são tão incômodas quanto a posição alternada das aspas a cada linha do diálogo. Por exemplo:

> Ela disse: "Passe o açúcar."
> "Está aí", respondi, "do lado do ketchup."
> "Não me trate com desdém", ela respondeu.
> Eu retruquei: "Não estou fazendo isso."

A alternância desvia a atenção do diálogo e, pior, faz isso sem nenhum bom motivo. Este é um erro comum entre os amadores. As aspas não devem mudar de posição dentro do diálogo a não ser que haja uma razão importante para isso.

• Em algumas obras modernas (em obras clássicas também), os autores optam por não usar aspas, preferindo indicar o diálogo por meio de algum outro meio, como o travessão ou o itálico, ou não fazer indicação alguma (o que não deve ser confundido com a paráfrase no discurso indireto). Por exemplo:

> – Não quero seu computador. Já lhe disse, não tenho onde colocá-lo.
> – Mas não é assim tão velho.
> – Foi o que você disse da última vez. E acabou me empurrando um lava-louças de 1964.

Esses autores não usam as aspas para diferenciar o diálogo, deixando-o misturar-se ao resto do texto. Até mesmo grandes autores já fizeram isso. Presume-se que seja por razões de estilo, mas na minha opinião isso dificulta desnecessariamente a leitura. Por que boicotar as aspas? Elas cumprem muito bem sua função: são singulares no aspecto e bem visíveis. São o que se pode esperar de mais perfeito para um sinal de pontuação. Foram, antes de mais nada, inventadas para atender à necessidade de um sinal que claramente indicasse o diálogo. Omiti-las, ou não abrir outro parágrafo, ou substituí-las por travessão apenas confundirá o leitor*.

Há, por certo, exceções. Como já vimos, até mesmo grandes autores criaram obras em que, por algum motivo, as aspas foram omitidas. Examinemos o seguinte exemplo, extraído de "The Use of Force", de William Carlos Williams:

> Eram pacientes novos, tudo o que eu tinha era o nome, Olson. Por favor, venha assim que puder, minha filha está muito doente. Quando cheguei, fui recebido pela mãe, uma mulher corpulenta, de aparência assustada, muito limpa, com ares de quem pede desculpas, que simplesmente perguntou: O senhor é o médico?, e me fez entrar. Nos fundos, ela acrescentou. O senhor nos desculpe, doutor, nós a pusemos na cozinha porque é mais quente. Aqui é muito úmido às vezes.

Williams é um escritor brilhante, esse é um excelente conto e até entendo por que ele evitou as aspas. Contudo, eu teria preferido vê-las presentes no texto; a ausência de aspas impõe um esforço desnecessário ao leitor, que gasta energia tentando descobrir quem está falando.

• Alguns textos recorrem frequentemente às aspas para demarcar palavras isoladas, muitas vezes para indicar ironia ou sarcasmo. Por exemplo:

---

* Como já foi dito, na língua inglesa os diálogos são habitualmente indicados por aspas; o uso de outros sinais é excepcional e esporádico. No português, porém, o uso do travessão para essa finalidade não só é perfeitamente aceitável como também é mais comum do que o das aspas, encontrando exemplos e abonações nos maiores escritores de nossa língua. Nesta passagem, portanto, deve o leitor entender que as objeções feitas ao uso do travessão referem-se unicamente à língua inglesa. (N. T.)

> Ele disse que eu não tinha "percepção" dos detalhes, que eu não "sabia" o que fazer, que estava apenas "começando" a entrar neste mundo – como se ele fosse um grande "especialista".

Tal recurso costuma estar associado a textos irreverentes, em que prevalece um tom cínico. O problema é que, afora a questão do estilo, esse procedimento se torna cômodo. Quando em um mesmo texto muitas palavras são colocadas entre aspas para indicar ironia ou sarcasmo, o escritor claramente as utiliza como subterfúgio para evitar expor sua posição pessoal. A certa altura, as aspas acabam não produzindo mais efeito algum, e os leitores perdem o interesse.

### CONTEXTO

As aspas jogam em equipe. Nunca descartam os outros sinais de pontuação; ao contrário, precisam deles. Como vimos, a capacidade das aspas de produzir um efeito vai até certo ponto. Se quiserem indicar pausas, interrupções e momentos significativos no diálogo, precisam da ajuda da vírgula, do ponto final, do travessão e do dois-pontos. Vejamos alguns casos em que tais sinais funcionam juntos:

• Sem a vírgula, as aspas não conseguem nem sequer concluir uma fala simples:

> "Vou à lavanderia", ele disse.

As aspas também precisam da vírgula para indicar uma pausa e dar continuidade ao diálogo:

> "Vou à lavanderia", ele disse, "e você não vai comigo."

• Também precisam do ponto final para indicar pausa longa, já que sem ele o diálogo não se conclui:

> "Vou à lavanderia."

• As aspas precisam do dois-pontos quando se trata de indicar uma decisão ou uma revelação:

> Olhei para ele e disse: "Nunca mais fale comigo."

- Sem os travessões, as aspas não poderiam indicar interrupção:

> "Realmente acho que você não deveria –"
> "Não me importa o que você pensa", ela disse.

Em geral, os únicos sinais de pontuação que não se ajustam com as aspas são o ponto e vírgula e os parênteses. Teoricamente, esses sinais podem ser usados dentro do diálogo, mas é difícil ouvi-los dentro da fala, sendo, portanto, mais adequados à prosa.

- O diálogo em si tem tudo a ver com o contexto. Muita prosa sem diálogo é castigo, muito diálogo sem prosa também. É preciso desenvolver o ouvido para saber quando a prosa precisa de uma quebra, quando o diálogo precisa parar. É um equilíbrio delicado, e as aspas são o grande indicador. Examinemos este belo exemplo extraído do conto "The Martyr" [O mártir], de Katherine Anne Porter:

> Quando pessoas sérias peregrinavam pela estreita rua de pedras, contornavam com cuidado as poças no pátio e subiam ruidosamente os degraus irregulares para dar uma olhada na grande, embora tão simples, personagem, ela gritava: "Aí vêm os belos carneirinhos!" Apreciava os olhares de espanto que lhe dirigiam por seu atrevimento.

A fala se destaca nesse exemplo, ao surgir no fim de um período muito extenso, de um trecho muito longo de prosa. Parece até que o período está tomando impulso para culminar com a citação.

> *É melhor usar a sintaxe para evitar as dificuldades do que resolvê-las por meio de pontuação sutil.*
>
> Eric Partridge, *You Have a Point There*

**O QUE O EMPREGO DAS ASPAS REVELA SOBRE O ESCRITOR**

Em muitos casos, um editor só precisa folhear um original para avaliá-lo de imediato: as aspas são reveladoras.

Os escritores que recorrem excessivamente ao diálogo (e, portanto, às aspas) não têm um senso de ritmo apurado, não se dão conta de que assim a obra apresenta um andamento muito rápido. Apoiar-se demais no diálogo significa também usá-lo mal, já que o uso excessivo vem de mãos dadas com o uso indevido. Tais escritores podem, por exemplo, estar utilizando o diálogo para passar informações. É provável que sejam principiantes, voltados para o enredo, ansiosos por um andamento rápido. Por outro lado, talvez sejam dramaturgos ou roteiristas de cinema que se tornaram romancistas ou contistas e guardam vestígios da atividade anterior. Em qualquer dos casos, porém, é provável que negligenciem a ambientação e a caracterização das personagens. São impacientes, acreditam demais no poder do discurso e não o bastante no poder do silêncio. E como o diálogo é bem cotado para efeito de dramaticidade, é provável que esses escritores sejam excessivamente dramáticos.

O aspecto positivo é que trabalham a dramaticidade e querem agradar o leitor. Além disso, abundância de diálogo significa abundância de interação das personagens, o que sugere que ao menos eles se empenham em harmonizar suas personagens e criar boas cenas para elas.

Os escritores que usam excessivamente as aspas para outro propósito – como destacar palavras, locuções ou orações isoladas – costumam ser inseguros. Ao introduzir um sem-número de palavras recorrendo à segurança das aspas, para citar outra pessoa ou indicar ironia ou sarcasmo, demonstram receio de simplesmente fazer afirmações diretas. São mais propensos ao cinismo e precisam entender que, a certa altura, os leitores vão querer seriedade e confiança. Por outro lado, é provável que não se levem tão a sério e sejam engraçados, características que são positivas e promissoras.

Os escritores que fazem pouco uso das aspas (o que significa muito pouco diálogo) são raros. É mais provável que sejam autores literários sérios, que creem na força de seu texto; e também do tipo calado, introspectivo. Esse é o aspecto positivo.

Infelizmente, porém, são propensos a querer agradar mais a si mesmos do que aos leitores. Suas obras terão um andamento lento, muitas vezes mortalmente lento, já que não se dão conta de que a maioria dos leitores precisa de um ritmo rápido de leitura. É provável que recorram demais à descrição, e, como o diálogo requer cenas e drama, sua ausência significa que tais escritores talvez não se preocupem muito em criar momentos de intensidade dramática. Suas personagens também terão problemas: ou, do ponto de vista individual, serão desinteressantes e, portanto, não terão muito o que dizer; ou, do ponto de vista coletivo, formarão um conjunto que não interage muito bem. Se as personagens têm muito o que dizer umas às outras, o diálogo surgirá quer o escritor queira, quer não. Esse intercâmbio de ideias não pode existir em um texto sem aspas.

## EXERCÍCIOS DO CAPÍTULO

1) Procure nos diálogos do seu texto um momento em que alguma personagem faça uma pausa, ainda que não indicada. Quebre a fala no lugar adequado, colocando no meio um "ele disse" ou "ela disse" e voltando a abrir e fechar aspas para continuar a fala. Qual foi o efeito? É possível aplicar essa técnica em alguma outra parte do texto?

2) Escolha um trecho de diálogo que lhe pareça longo demais. Use a técnica descrita acima para quebrar a fala no momento em que o leitor possa ficar cansado. Qual foi o efeito? É possível aplicar essa técnica em alguma outra parte do texto?

3) Escolha um trecho de diálogo de que participem diversas personagens e no qual seja difícil identificar quem está falando. Use a técnica descrita acima para quebrar a fala no momento em que o leitor possa ficar confuso, acrescentando em seguida "Fulano [escreva o nome da personagem] disse". Isso contribui para a clareza? É possível aplicar essa técnica em alguma outra parte do texto?

4) Escolha um trecho do texto que contenha uma quantidade desproporcional de diálogo. Corte algumas falas. Coloque-as em discurso indireto, de modo que alguma personagem relate o que outra tenha dito. Qual foi a diferença? É possível aplicar essa técnica em alguma outra parte do texto?

5) Se você faz pouco uso das aspas (e, portanto, do diálogo), repense suas personagens. Reformule-as ou crie outras que – coletivamente – tenham muito o que dizer umas às outras, muito o que expressar. Coloque-as juntas em cena. Qual foi o efeito?

# 7 O parágrafo e a mudança de seção (o sinal vermelho e os limites da cidade)

*Cuide dos parágrafos que o discurso cuidará de si mesmo.*
velha máxima

Pouca gente pensaria no parágrafo como um sinal de pontuação, mas ele certamente é. Antigamente não havia parágrafos – os períodos simplesmente se sucediam sem interrupção –, mas a certa altura o texto se segmentou em parágrafos, inicialmente indicados pelo "C" (*chapter*) maiúsculo. Na Idade Média, esse sinal evoluiu para o símbolo "¶" (denominado *pilcrow* ou parágrafo), que, por sua vez, evoluiu para a moderna abertura de parágrafo, assinalada pela mudança de linha e uma entrada. A entrada que usamos hoje já existia para os antigos tipógrafos, que a utilizavam para colocar uma letra em corpo maior que abria os parágrafos. Essa letra já não é empregada, mas, para a sorte dos leitores cansados, o espaço reservado para ela permaneceu.

Hoje, a mudança de parágrafo não é indicada por sinal algum, o que talvez explique por que é negligenciada nos estudos sobre pontuação. É uma pena, porque é um dos elementos mais importantes no mundo da pontuação. É empregado centenas de vezes em um livro e é por si só capaz de elevar ou derrubar uma obra. Poucos lugares são tão visíveis quanto o início e o fim dos parágrafos; tanto espaço não poderia deixar de chamar a atenção. O parágrafo tem, portanto, uma capacidade incomparável de se colocar sob os refletores, constituindo sempre uma oportunidade de prender os leitores com novos ganchos. Tem o poder singular de emoldurar um conjunto de períodos, dar-lhes forma e sentido, delimitar o assunto em questão e preparar o cenário para o parágrafo seguinte. Aliás, é por isso que alguns cursos de leitura dinâmica ensinam os alunos a ler apenas o começo e o fim dos parágrafos.

O parágrafo é o irmão mais velho do ponto final: o ponto final divide frases, enquanto o parágrafo divide grupos de frases. Assim como a frase, o parágrafo deve ter um começo e um fim adequados. Contudo, enquanto o ponto final é tido como a espinha dorsal da pontuação, o parágrafo é, em grande medida, ignorado. Isto é uma ironia, já que sua função pode ser considerada ainda mais fundamental do que a do ponto, pois não afeta apenas uma frase, mas muitas. Se o ponto final é um sinal de parar, o parágrafo é o sinal vermelho do semáforo.

A mudança de seção (também conhecida como espaço de linha) é o mais subjetivo dos sinais de pontuação. Raramente se fala sobre ela, e nem mesmo há um consenso sobre como indicá-la. Nos originais, esse sinal costuma ser indicado por uma linha em branco seguida de texto, ou por um asterisco ou grupo de asteriscos, colocados no centro da linha em branco e separados, a intervalos regulares, por tabulação. Em um livro encadernado, a mudança de seção é em geral assinalada por um espaço de linha entre dois parágrafos, mas também é possível indicá-la com uma grande variedade de símbolos, desde uma estrela até um sinal gráfico relacionado com o tema do livro – como, por exemplo, um barco em miniatura em um livro sobre o mar. Qualquer que seja o recurso visual, todos têm o mesmo propósito: indicar que uma seção termina e outra começa.

A mudança de seção é usada para demarcar seções dentro de capítulos, as quais podem se estender de vários parágrafos a várias páginas. Representa uma transição importante dentro do capítulo, em geral uma mudança de tempo, de lugar ou até mesmo de ponto de vista. Indica aos leitores que, embora o capítulo não tenha terminado, eles podem confortavelmente fazer uma pausa e digerir o que leram. Acredite: trata-se de uma quebra significativa, quase com o mesmo peso de uma mudança de capítulo. A única diferença é que a mudança de seção distingue duas partes do texto que, embora separadas, devem situar-se no mesmo capítulo.

Mais forte do que o parágrafo, porém mais fraca do que a mudança de capítulo, ela é o ponto e vírgula das interrupções ou quebras de texto. É mais velha do que o parágrafo e mais velha ainda do que o ponto final. Se o ponto é o sinal de parar e o parágrafo é o sinal vermelho, a mudança de seção são os limites da cidade.

## COMO USAR O PARÁGRAFO

A finalidade principal da abertura de parágrafo é definir e delimitar um tema. Uma das regras básicas de redação é que todo parágrafo deve ter um argumento ou tese, deve começar com uma ideia, desenvolvê-la e concluí-la. A frase de abertura deve preparar o cenário, as frases do meio executam a cena e a última fornece o desfecho. É um pacote bem amarrado. É fácil aplicá-lo quando se trata de ensaios ou textos acadêmicos, mas em se tratando de ficção ou não ficção criativa é impossível que a obra avance de modo tão rígido, passando de um argumento a outro, sem ser criticada pelo excesso de linearidade ou pelo estilo inadequadamente acadêmico. Por exemplo, recomenda-se aos escritores que evitem começar parágrafos com "portanto" e "finalmente"; os blocos bem definidos que constroem um texto acadêmico são lineares demais para o mundo da criatividade. Isso é compreensível: os leitores não gostam de sentir que avançam de um argumento para outro; querem é ser capturados pela história.

Os escritores veem-se, portanto, diante de uma situação difícil: precisam manter seus parágrafos bem amarrados, mas sem que isso se torne evidente. A cada novo parágrafo, devem sutilmente sugerir uma direção e, antes que ele chegue ao fim, devem levá-lo a uma conclusão ou ao menos encaminhá-lo nesse sentido. O domínio da mudança de parágrafo ajudará os escritores nessa tarefa. Abrindo parágrafo no lugar certo, eles podem habilmente encapsular o tema e preparar o cenário para o tema do parágrafo seguinte.

Vejamos um exemplo extraído do conto "Heat" [Calor], de Joyce Carol Oates:

Fomos vê-las na sala em que estavam sendo veladas, levaram-nos até lá. As gêmeas estavam em caixões idênticos, brancos, lisos, reluzentes, perfeitos como plástico, forro franzido de cetim branco, como o interior de uma caixa de bombons. Havia também lírios brancos como cera e odores de talco e perfume. A sala estava lotada, e havia uma só porta, usada tanto para entrar quanto para sair.

Rhea e Rhoda eram a mesma menina, quiseram que fosse assim.

Só olhando de uma para outra era possível notar que eram duas.

Note que o primeiro parágrafo começa com a imagem da chegada à sala do velório; as frases seguintes desenvolvem essa imagem; e a frase final a conclui. Quando Oates avança para o parágrafo seguinte, já deixou de descrever a sala e parte para um outro conceito – e nada disto é feito com mão pesada. É sutilmente sugerido pela mudança de parágrafo. Note também o terrível contraste entre os parágrafos, o impacto que o segundo e o terceiro provocam ao se destacarem como parágrafos de um só período, principalmente por surgirem depois de um parágrafo mais longo. Isto não acontece por acaso: cada período reflete o conteúdo, enfatiza uma ideia profunda.

• É curioso que os parágrafos sejam ao mesmo tempo independentes e inter-relacionados. São como elos de uma corrente, cada qual completo em si mesmo, mas ligados uns aos outros. Para isso, a abertura e o fechamento das frases devem imperceptivelmente funcionar como ganchos, transportando-nos de um parágrafo a outro. Aliás, a própria mudança deve ser considerada um gancho.

É grande a diferença entre uma mudança de parágrafo boa e uma excelente. Além de encapsular o tema, a mudança excelente deixa o leitor na expectativa, *com vontade* de ler o parágrafo seguinte. Assim como a abertura e o fechamento de capítulos têm ganchos, esse mesmo princípio deve ser aplicado à mudança de parágrafo. Se um parágrafo (e também um capítulo) terminar com um conteúdo muito autossuficiente, o leitor sentirá como se já tivesse lido o bastante e não terá motivação para continuar lendo. Além disso, a abordagem deve ter dois lados: terminar o parágrafo com um gancho terá pouco resultado se o parágrafo seguinte, por sua vez, não começar com uma frase forte relacionada com o final da anterior. Vejamos as linhas iniciais de *O grande Gatsby*, de F. Scott Fitzgerald:

> Nos tempos em que eu era mais jovem e mais vulnerável, meu pai me deu um conselho que fiquei ruminando desde então.
>
> "Sempre que quiser criticar alguém", ele me disse, "lembre-se de que nem todas as pessoas neste mundo tiveram as vantagens que você teve."

Fitzgerald decidiu começar seu romance com dois parágrafos de um período só, atitude ousada. Mas funciona. Ajuda a trazer o leitor imediatamente para dentro do texto. Note que cada um desses parágrafos se sustenta por si mesmo, embora se relacione com o que vem em seguida.

• Nenhum outro sinal de pontuação tem tanto poder sobre o andamento do texto quanto o parágrafo. Os parágrafos curtos aceleram o ritmo, enquanto os longos podem torná-lo arrastado. Se o andamento do texto estiver lento, é possível acelerá-lo por meio de frequentes mudanças de parágrafo; se estiver rápido demais, é possível desacelerá-lo diminuindo a frequência das mudanças. Claro que isto só deve ser feito por um bom motivo, não para arbitrariamente acelerar ou desacelerar o andamento da obra. Assim como os demais sinais de pontuação, os parágrafos têm sua função específica e basicamente dependem do conteúdo ao redor. Se você estiver no meio de uma calorosa cena de ação, por exemplo, as mudanças frequentes podem ser apropriadas – aliás, parágrafos longos em uma cena de ação podem ser inadequados. As mudanças de parágrafo devem se adequar ao conteúdo.

No romance de Ellen Cooney, *Gun Ball Hill* [Colina Gun Ball], os parágrafos curtos contribuem para acelerar o ritmo nos momentos apropriados:

> "Os ingleses têm talento para prender", ele lhe disse.
>
> Levaram-no às quatro da tarde. Em um dia de verão, 19 de agosto.

Note o uso do ponto final, como as frases curtas imitam parágrafos curtos, cada qual enfatizando um ponto significativo, proporcionando mais vida ao sequestro.

Raymond Carver, por outro lado, consegue desacelerar o ritmo com parágrafos curtos em seu conto "Collectors" [Colecionadores]:

> Eu estava sem trabalho. Mas todos os dias esperava notícias do norte. Deitava-me no sofá e ficava ouvindo a chuva. De tempos em tempos me levantava e ia olhar através da cortina na esperança de ver o carteiro.
>
> Não havia ninguém na rua, nada.

Embora os parágrafos (e os períodos) sejam curtos, o ritmo é arrastado. À medida que assimilamos cada ponto, sentimos o tempo passar sem que nada aconteça. Depois surge um novo parágrafo e continua não acontecendo coisa alguma. Somos levados a sentir o que o narrador sente.

• A abertura de parágrafo é por excelência um elemento de controle. Delimita o tamanho do texto e, nesse sentido, exerce grande impacto sobre a uniformidade. Pode, por exemplo, criar um parágrafo de uma linha ou de três páginas. Se tal parágrafo (de uma linha ou de três páginas) contiver o tema, então tecnicamente estará cumprindo sua função. Mas é preciso levar em conta a uniformidade. A extensão dos parágrafos não deve variar demais ao longo do texto. Isto seria muito incômodo para o leitor, que não conseguiria relaxar.

Ao introduzir um novo parágrafo, é preciso, portanto, considerar também as aberturas anteriores e as seguintes. A abertura de parágrafo, por sua própria natureza, tem tudo a ver com o contexto (é por isso que a examinamos neste capítulo, e não na seção "Contexto"). Na maioria dos casos, busca-se estabelecer o estilo por meio de uma uniformidade geral. Se os parágrafos de um determinado texto compõem-se em média de sete períodos, por exemplo, é preciso permanecer o mais próximo possível desse número, algo em torno de dois períodos a mais ou a menos. Isto contribuirá para estabelecer o ritmo geral da obra, ajudará o leitor a relaxar e concentrar-se no conteúdo. Também deixará o autor em condições de, no momento certo, alertar o leitor para algo importante.

• Isto nos leva à questão da quebra da uniformidade. Depois de estabelecida uma uniformidade geral, é possível – e necessário – quebrar as regras, variar a extensão do parágrafo quando o conteúdo o exigir. Se em um texto repleto de parágrafos de sete períodos surgir um parágrafo de um só período, isto causará um forte impacto sobre o leitor; o conteúdo desse parágrafo será lançado sob a luz dos refletores. Este é um modo de realçar algum aspecto, de indicar que algo é extremamente significativo. A variação da extensão do parágrafo é particularmente eficaz em começos e finais de seções, de capítulos ou da obra inteira. Contribui para acrescentar um toque dramático, uma sensação de quebra do estilo, o que muitas vezes se exige nos começos e finais.

Eis um belo exemplo extraído do romance *American Son* [Filho americano], de Brian Ascalon Roley:

> Thomas é o filho que ajuda a pagar a hipoteca vendendo cães de guarda a pessoas ricas e a celebridades. É o filho que lhe causa embaraços aparecendo nas festas de família com os músculos cobertos de tatuagens de gângsteres, cabeça raspada e olhos vermelhos de maconha. É na verdade meio branco, meio filipino, mas veste-se como mexicano, e isto deixa mamãe perturbada. Ela não consegue entender por que, se o filho quer parecer algo que não é, ele não tenta ao menos parecer branco. É também o filho que diz que, se alguma namorada criticar mamãe ou tratá-la mal, ele dará uma porrada na vagabunda ali em casa mesmo.
>
> Sou o filho calmo, que não dá problemas, e ajudo mamãe no serviço doméstico.

A mudança de parágrafo por si só basta para nos fazer sentir o contraste entre os dois irmãos. O contraste entre os parágrafos é tremendo, com destaque para o segundo, que realça o fato de que os dois irmãos são extremamente diferentes.

Louise Erdrich obtém grande efeito com a mudança de parágrafo em seu conto "Matchimanito":

Fui guia na última caçada de búfalos. Vi o último urso morto a tiros. Peguei em uma armadilha o último castor, cujo pelo crescia havia mais de dois anos. Disse em voz alta as palavras do pacto governamental e me recusei a assinar o acordo que nos deixaria sem nossos bosques e nosso lago. Cortei a última bétula mais velha que eu e salvei o último membro da família Pillager.

Fleur.

Encontramo-la em uma tarde fria de fim de inverno, na cabana da família, perto do Lago Matchimanito, aonde meu colega Edgar Pukwan, da polícia tribal, tinha medo de ir.

Fleur: parágrafo ousado, de uma palavra só, espremido entre dois parágrafos mais longos. Não há pontuação mais visível do que essa. E funciona. Erdrich indica ao leitor que há uma nova personagem em cena, uma personagem muito significativa.

> *Os parágrafos curtos arejam o texto ao redor e o tornam convidativo, enquanto um grande bloco de caracteres desencoraja o leitor até mesmo de começar a leitura.*
>
> William Zinsser

**COMO USAR A MUDANÇA DE SEÇÃO**

Ao considerar se se deve ou não aplicar a mudança de seção, a primeira coisa a entender é que, ao fazê-lo, você dá ao leitor a chance de deixar o livro de lado. A mudança de seção tem quase a mesma força da mudança de capítulo, e quase o mesmo apelo visual: cria um momento conveniente, agradável, para o descanso. Nesse caso, é preciso perguntar-se se ela é de fato necessária. Pode o capítulo sobreviver sem ela? Se você concluir que precisa de uma pausa significativa, pergunte-se se não seria melhor abrir novo capítulo. É preciso ter uma excelente justificativa para introduzir seções no capítulo em vez de formar com elas um novo capítulo.

Se você passar no teste dessas duas perguntas, estará pronto para mudar de seção. Às vezes, isso será necessário. Examinemos então alguns modos de aplicar a mudança de seção:

- As mudanças de seção podem indicar passagem de tempo. Embora isto geralmente seja indicado pela mudança de capítulo, há, por certo, momentos dentro de um capítulo em que o tempo passa. É possível, por exemplo, que você tenha que lidar com um pequeno decurso de tempo (uma hora, digamos); nesse caso, uma mudança de seção pode ser mais apropriada do que uma completa mudança de capítulo. Ou se a obra abranger, por exemplo, dez anos, cada capítulo cobrindo um ano, será apropriado mudar de seção para indicar a passagem de alguns meses.

- A mudança de seção também pode indicar mudança de cenário. Pode haver ocasiões em que você queira mudar de cenário dentro do mesmo capítulo; talvez, no caso de uma mudança pouco significativa (como ir a outro lugar dentro da mesma cidade), seja conveniente uma quebra menos marcante. De modo geral, a abertura de capítulo é mais indicada para mudanças radicais de cenário, principalmente se acompanhadas de transições de tempo e ponto de vista. O que importa é a coerência: não se devem usar mudanças de seção para indicar mudança de cenário em determinado capítulo e, mais adiante, usar aberturas de capítulo para o mesmo propósito. É preciso manter-se constante na escolha feita.

- A mudança de seção pode indicar mudança de ponto de vista. Em geral, deve-se reservar a mudança de ponto de vista para a abertura de capítulo; esta é a mais significativa das quebras, e os leitores precisam de tempo e espaço para se dar conta de que estão dentro da cabeça de uma outra personagem. A coisa menos recomendável é mudar de perspectiva dentro de um mesmo capítulo; o leitor prosseguirá a leitura achando que continua na perspectiva de outra personagem, e, quando finalmente perceber o que acontece, precisará voltar atrás e reler, e ficará frustrado.

Há, porém, circunstâncias em que talvez seja desejável mudar de ponto de vista dentro do mesmo capítulo. Por exemplo, se você criou uma série de personagens e decidiu dar a cada uma delas peso igual, mudando frequentemente de um ponto de vista para outro; ou se está escrevendo um romance em que as duas personagens têm o mesmo peso, e você alterna seus pontos de vista ao longo da obra. Neste último caso, é possível alternar os pontos de vista a cada capítulo, mas, no capítulo final, quando o ritmo se acelera e os dois se juntam, convém recorrer à mudança de seção para mudar de ponto de vista. Mesmo assim o recurso é discutível. É preciso ter uma justificativa para optar por esse caminho, e, nesse caso, você terá que se empenhar para que o leitor reconheça de imediato que se trata de um ponto de vista diferente.

- Para indicar transições que não foram assinaladas. Às vezes ocorre uma transição significativa dentro de um mesmo capítulo sem que nada a indique. Isto confunde o leitor, que só bem mais tarde vai perceber que houve uma mudança de tempo, cenário ou ponto de vista (ou alguma outra mudança importante), e terá que voltar atrás e reler. Se houver alguma mudança importante dentro de um mesmo capítulo, ela deve ser marcada por uma nova seção. Sem isto, o texto dará margem a confusão.

- A mudança de seção proporciona ao leitor um descanso no meio de um capítulo longo. Tenha em mente, porém, que isto, por si só, não justifica a mudança. Esta só deve ser usada se, além do recomendável descanso, houver também uma transição significativa. As quebras não devem ser fortuitas – de outro modo, ao retomar a leitura no mesmo ponto, o leitor se perguntará por que ocorreu a quebra. Isto desvaloriza o recurso, que não será levado a sério quando aparecer novamente.

Se usar a mudança de seção, lembre-se de que toda vez que fizer isso estará criando novos começos e novos finais. A força desses momentos deve ser respeitada. Não use a mudança de seção a menos que pretenda concluir a seção anterior com um gancho forte e começar a seguinte com outro igualmente forte. Mais importante ainda: certifique-se de estar preparando esse gancho com boa antecedência; não o introduza de modo brusco. O gancho deve ser parte integrante do texto, e, para um bom efeito, são necessárias várias páginas para desenvolvê-lo.

Vejamos algumas mudanças de seção extraídas da literatura. Tim O'Brien usou esse recurso com maestria no conto "The Things They Carried" [As coisas que eles carregam]:

> De forro acolchoado, o poncho pesava quase um quilo, mas valia cada grama de seu peso. Em abril, por exemplo, quando Ted Lavender foi atingido por um tiro, usaram-no para embrulhá-lo, depois para transportá-lo pelo campo de arroz e depois para erguê-lo ao helicóptero que o levou embora.
>
> ★
>
> Eram chamados de mulas ou recrutas.

Com essa pontuação, O'Brien demonstra que a morte era um acontecimento corriqueiro no Vietnã. Na parte final da seção, ao descrever objetos que os soldados comumente usavam, ele cita o poncho e, de súbito, acrescenta que este também era usado para carregar cadáveres, como se isto fosse algo rotineiro. Em seguida, ele introduz nova seção e muda de assunto, reforçando a ideia de que um cadáver é algo que não vale a pena comentar.

Na abertura do romance *Compline* [Completas], de Paul Cody, encontra-se um dos usos mais inventivos da mudança de seção que já vi:

> Uma da manhã. Segunda-feira, 6 de janeiro.
>
> ★
>
> Ann partiu esta noite para Knoxville, onde sua irmã morreu no sábado, por volta das 10 da manhã. Depois de dois anos com câncer, sofreu um derrame cerebral.
>
> ★
>
> Ray está acordado, sentado no escuro, bebericando vinho em um copo enorme.
>
> ★
>
> Lá fora, a temperatura está abaixo de zero e pode chegar a menos dez graus.
>
> O céu está profundamente escuro, com algumas nuvens fugidias. No quintal, do outro lado da janela, uma meia-lua brilhante lança sombras de galhos sem folhas sobre o chão coberto de neve.
>
> ★

Ray ficou para trás, no norte do estado de Nova York, com Eammon e Quentin, seus filhos, de dez e sete anos. Os quatro, Ray, Ann, Eammon e Quentin, tinham ido para o leste do Tennessee havia apenas duas semanas, quando Martha, que estivera doente por tanto tempo, teve um forte derrame. Pegaram o avião três dias antes do Natal.

★

Nas mãos de outro autor, isto poderia ficar muito estiloso, mas Cody consegue um bom resultado. Ele começa o romance realçando imagens intensas, verdadeiros instantâneos fotográficos, fragmentos de cena, fazendo o leitor mergulhar fundo em um mundo sombrio. A pausa proporcionada pela mudança de seção costuma oferecer ao leitor a oportunidade de escapar de um conteúdo pesado, trazendo um momento de descanso e, em seguida, algo novo. Aqui, porém, Cody sugere que não há escapatória, que, terminado o descanso, voltamos à ininterrupta desolação.

### O PERIGO DO USO EXCESSIVO E INADEQUADO DA MUDANÇA DE PARÁGRAFO

• Uso excessivo. Os parágrafos curtos funcionam bem em textos de jornais e revistas, mas não são para o mundo dos livros (esse problema, aliás, costuma atingir muitos jornalistas que se tornam escritores). Quando se dispõem a ler trezentas páginas ou mais, os leitores esperam encontrar no texto um andamento harmonioso, e os parágrafos definem o andamento. Os leitores de livros anseiam por aumentar sua capacidade de atenção a fim de assimilar parágrafos de sete períodos (ou mais), e muitas vezes buscam um desafio intelectual maior do que quando leem um artigo de jornal. A excessiva mudança resulta em parágrafos quase sempre curtos, o que cria uma experiência de leitura desagradável.

Assim como as frases curtas, os parágrafos curtos produzem uma leitura cheia de solavancos. Note que não há nada de errado em usar um parágrafo curto de vez em quando, ou até mesmo uma série deles em algum ponto crucial da obra, mas seu uso constante constitui um problema.

• O parágrafo pode resultar curto demais quando termina prematuramente, antes de concluir a ideia. Neste caso, pode-se consertá-lo com a simples mudança do parágrafo seguinte para um ponto posterior. Isto elimina o sintoma, mas não resolve a questão principal: o processo mental do autor. Parágrafos claros, ainda mais do que frases claras, são indicativos do alcance de atenção: é preciso talento para desenvolver uma ideia complexa ao longo de várias frases, de tal modo que o parágrafo pareça um pensamento longo. Os escritores com curto alcance de atenção terão dificuldade nesse aspecto, mas até mesmo aqueles com um maior alcance de atenção vão se cansar em algum ponto e acabar concluindo o parágrafo cedo ou tarde demais. Isto é um sinal de que o pensamento não está tão claro quanto deveria, de que o parágrafo não está sendo concebido como um bloco unitário. Além disso, significa que o parágrafo seguinte inevitavelmente começará mal, já que esse começo se dará com material remanescente do anterior. Um texto assim parecerá caótico e acabará levando o leitor a desistir da leitura.

Ao concluir um parágrafo, é recomendável voltar atrás para verificar a frase de abertura. O círculo se completou? Há ainda algo a dizer? Do mesmo modo, quando se começa um parágrafo, é preciso indagar se a frase de abertura está de fato iniciando uma ideia nova ou simplesmente continuando a do parágrafo anterior. Sempre pergunte: por que terminar aqui? Por que não uma frase antes, ou depois? Se não houver uma boa resposta, os leitores se sentirão nas mãos de um escritor arbitrário. Nada poderia ser pior.

• Por outro lado, há textos em que as mudanças de parágrafo parecem não chegar nunca, em que deixamos uma ideia para entrar em outra, tudo dentro de um único parágrafo. Isto é igualmente um problema. Sem a mudança, os leitores se sentirão lançados a uma nova ideia antes de digerir a anterior. Os parágrafos que não terminam onde deveriam serão muito longos, dificultando a compreensão para o leitor. Se é incômodo para o leitor passar pelos solavancos causados pelos parágrafos curtos, a experiência com a leitura de parágrafos longos é de confusão e sufocamento.

Repito: ao concluir um parágrafo, volte atrás para verificar a frase de abertura. O círculo se completou? Será que você não se estendeu demais? Pergunte-se: por que terminar aqui?

Tenha em mente, no entanto, que alguns grandes autores, como Faulkner e Moody, deliberadamente demoravam a mudar de parágrafo, criando parágrafos que se estendem por páginas e páginas. Na verdade, pode-se dizer que parágrafos longos definem o estilo desses escritores. Tal uso não é *proibido*, só que é muito estilístico e nunca deve ser adotado sem uma boa razão.

• O pior caso é o dos parágrafos sem foco nem rumo, que começam com uma ideia forte mas não a sustentam nem a concluem. São tão arbitrários que a mudança se torna completamente ineficaz, já que, onde quer que ocorra, será por mero acaso. Este é um caso evidente de pensamento confuso – com parágrafos desse tipo será impossível produzir um texto conciso. Para quem escreve assim, a solução é concentrar-se no começo e no final dos parágrafos. Um começo sólido proporciona uma direção sólida; uma conclusão sólida leva ao lugar certo. Observados esses princípios, é menos provável que você se perca no meio do caminho; mas, caso se perca, os começos e os finais poderão salvá-lo, mantendo os parágrafos legíveis para que você não saia dos trilhos.

> *A pontuação é uma arte e uma técnica; predominantemente, uma arte; uma arte humilde, mas jamais insignificante, pois é um meio para um fim, não um fim em si mesma. O propósito a que serve, a arte a que está subordinada, é a arte da boa escrita.*
>
> Eric Partridge, *You Have a Point There*

### O PERIGO DO USO EXCESSIVO E INADEQUADO DAS MUDANÇAS DE SEÇÃO

• Há livros com quatro, cinco ou mais mudanças de seção por capítulo, e o efeito disso é imediato. A leitura parece entrecortada, como se o capítulo tivesse sido retalhado em pequenas partes. A regra geral é que não deve haver mais do que uma ou duas mudanças de seção por capítulo. O leitor encontra uma certa satisfação em se deixar absorver por quinze ou vinte páginas seguidas, e as múltiplas mudanças de seção o obstaculizam. Quanto mais mudanças, maiores as chances de o livro ser deixado de lado. O excesso de mudanças também faz o leitor trabalhar mais, já que precisará despender a energia mental para enfrentar múltiplos começos e fins, bem como várias transições significativas (de tempo, cenário ou ponto de vista) em um único capítulo. Esse trabalho mais árduo deve ser reservado para as mudanças de capítulo. Além disso, quando frequentes, as mudanças de seção perdem a força: o leitor desconfiará de seu impacto característico se elas aparecerem o tempo todo. As mudanças de seção são particularmente prejudiciais em capítulos curtos, nos quais raramente devem ocorrer.

• Às vezes, as mudanças de seção surgem em pontos nos quais não são de fato necessárias, em transições pouco significativas. Nesses casos, a nova seção muitas vezes começará exatamente no mesmo tom, sem que nenhuma transição tenha ocorrido. A mudança torna-se então arbitrária e, depois de uma ou duas ocorrências, perderá a força.

As mudanças de seção também são mal empregadas quando usadas como pretexto para encerrar de modo abrupto alguma cena, poupando ao escritor o trabalho árduo de desenvolvê-la. Podem tornar-se um recurso cômodo para terminar a cena com um tom de mistério, sem arremate, atribuindo-lhe assim um significado ou uma importância maior do que ela na verdade tem. Após sucessivas mudanças, o leitor não tardará a perceber que não há muito conteúdo nessas seções e ficará propenso a deixar a leitura de lado.

• Por outro lado, às vezes a transição indicada por uma mudança de seção é muito forte, e talvez fosse mais adequado iniciar um novo capítulo. Pode ser tênue a linha que define a escolha entre a mudança de seção e a mudança de capítulo, principalmente quando está em questão uma transição significativa. Às vezes a extensão do capítulo pode ser um fator determinante: se todos os capítulos tiverem trinta páginas e, na página 15, você se deparar com uma transição significativa, em nome da uniformidade talvez seja preferível mudar de seção. A solução, porém, nem sempre é tão evidente.

Se suas mudanças de seção forem muito marcantes, os leitores passarão a vê-las como mudanças de capítulo. Da próxima vez que encontrarem uma nova mudança de seção, vão ficar na expectativa de uma transformação significativa no andamento do livro e mais propensos a escolher esse momento para interromper a leitura.

Além disso, as mudanças de seção muito substanciais diminuem a força das mudanças de capítulo: se as seções têm o peso de capítulos, de que servem estes últimos? Se as mudanças de capítulo não indicam quebras mais fortes do que as de seção, elas se tornam ineficazes. As mudanças de capítulo servem a um propósito importante, que é o de proporcionar aos leitores um descanso, um momento para assimilar a informação.

As mudanças de seção muito marcantes são contraproducentes: não deixam ao leitor espaço para respirar nem tempo suficiente para assimilar a transição de modo adequado; em decorrência disso, uma transição importante (como uma mudança de tempo, cenário ou ponto de vista) não terá o devido destaque e não será bem apreendida.

• As mudanças de seção, assim como as de parágrafo, têm tudo a ver com o contexto; existem para definir uma série de parágrafos ou páginas, para compô-los em seções e situá-los no contexto maior do capítulo. Devem levar em conta o contexto geral da obra. Portanto, ao decidir mudar de seção, é preciso considerar quantas, em média, aparecem nos outros capítulos. Por exemplo, se há cinco seções no primeiro capítulo, mas nenhuma nos demais, a obra não parecerá uniforme; ou, se cada capítulo tem duas seções, mas um deles tem cinco, também não haverá uniformidade (a menos que o autor faça isto deliberadamente). Isto indica que determinado capítulo não está de acordo com o restante da obra, que talvez tenha sido escrito às pressas ou feito como uma colcha de retalhos.

É preciso ainda considerar a disposição das mudanças de seção dentro do capítulo. Um capítulo de trinta páginas com duas mudanças de seção deve ter uma mudança na página 10 e outra na 20, o que resulta em seções de dez páginas cada. Mas se as duas mudanças estiverem situadas na página 3 e na 26, haverá três seções de 3, 23 e 4 páginas, respectivamente. Isso pode causar uma sensação incômoda. As mudanças de seção nem sempre precisam ocorrer em intervalos regulares, mas deve haver alguma uniformidade – ou, se for para quebrar a uniformidade, que isto seja intencional. O importante é saber o que se está fazendo e não utilizá-las de modo fortuito.

### O QUE O USO DAS MUDANÇAS DE PARÁGRAFO E DE SEÇÃO REVELA SOBRE O ESCRITOR

Os escritores que abrem parágrafo a todo tempo (criando parágrafos curtos) tendem a produzir textos de ritmo acelerado, voltados para a ação e concentrados no desenvolvimento do enredo a todo custo, a ponto de sacrificar o bom acabamento. Costumam ser objetivos, práticos. São, em geral, principiantes ou escritores que ainda não compreenderam que escrever é percorrer uma trajetória. É provável que tenham formação jornalística, na qual os parágrafos curtos são a regra.

O lado positivo é que tais escritores se preocupam com o enredo e o ritmo, procuram agradar o leitor e apresentam ideias concisas. Se forem jornalistas, sua formação lhes trará facilidades nesses aspectos – mas apenas se forem suficientemente humildes para perceber que agora atuam em outro meio de expressão e estiverem dispostos a aceitá-lo com suas peculiaridades.

Já os escritores que pouco mudam de parágrafo (criando parágrafos longos) caem em duas categorias. A primeira, a mais comum, compõe-se daqueles que não têm autocrítica. Suas ideias são abundantes e misturam-se umas às outras. São menos propensos a escrever com concisão, e, além disso, seus capítulos começam e terminam de modo arbitrário. O livro como um todo parecerá confuso e precisará de muitos cortes. Como não sabem concluir adequadamente, também costumam ter problemas para criar ganchos eficazes, e é provável que o livro termine várias vezes em vez de uma só. Precisam aprender a discernir suas ideias.

Já o segundo tipo cria parágrafos bem elaborados, mas simplesmente longos demais. São raros. É provável que sejam escritores sofisticados, mais velhos, estudiosos ou de formação acadêmica. Têm grande alcance de atenção, são menos propensos a priorizar a ação e mais preocupados com o texto em si. Isto favorece o próprio processo de escrita – o estilo, a escolha de palavras, a execução –, mas não o enredo e o ritmo. Seu texto provavelmente será muito lento, até estilístico. Precisam aprender que nem todo leitor tem a mesma capacidade mental que eles, ou o desejo de exercitá-la.

Todos esses escritores usam mal o parágrafo, já que parágrafos muito longos ou muito curtos começam e terminam fora de tom. Isto indica que lhes falta clareza de pensamento, e é mais um exemplo de que a pontuação revela o escritor: mudanças confusas revelam um pensamento confuso. Mudanças claras, lúcidas, revelam um pensamento claro e lúcido. Começamos, então, a perceber que a pontuação pode ensinar o escritor a pensar e, consequentemente, a escrever.

Os que mudam excessivamente de seção (criando muitas seções) costumam buscar saídas, algum truque de estilo para compensar aquilo que não oferecem em outra parte do texto. Tendem a não terminar o que começaram, a não desenvolver bem os elementos do texto, deixando-os misteriosamente pendentes, sem oferecer a solução ansiada pelo leitor. São impacientes. Pensam nos componentes individuais, não no quadro geral; aliás, é provável que seus livros pareçam uma compilação de partes dissociadas.

Um livro pode perfeitamente prescindir das mudanças de seção, sendo, portanto, difícil apontar exemplos de uso insuficiente. Por outro lado, há ocasiões em que elas podem ser necessárias, e os escritores que as omitem talvez não tenham muito senso de transição. É possível que não criem bons ganchos de abertura e desfecho, que seu texto não capture o leitor. É também provável que não tenham talento para o drama e não percebam com a devida clareza a importância da mudança de tempo, de cenário, de ponto de vista. É provável, portanto, que não façam bom uso de nenhum desses recursos.

Há ainda os escritores que usam mal as mudanças de seção, o que pode ser um reflexo incômodo de seus processos de pensamento. Se em um capítulo houver, por exemplo, quatro mudanças de seção e apenas uma em outro, se houver seções de três páginas e outras de trinta e três, isto pode ser sinal de um pensamento confuso. É provável que tais escritores escrevam o que lhes venha à cabeça, ou de modo desorganizado, descontrolado. Faltará a seus livros, provavelmente, um arco definidor, uma direção.

EXERCÍCIOS DO CAPÍTULO

1) Examine as últimas frases de vários parágrafos de seu texto; em seguida, examine as frases de abertura desses parágrafos. A relação entre elas está adequada? Cada parágrafo encerra uma ideia completa? Algum deles termina de modo prematuro ou se estende demais? É possível fazer ajustes? Qual é o efeito disto sobre o texto?

2) Selecione duas páginas de seu texto e corte pela metade a extensão dos parágrafos. Talvez seja preciso cortar ou acrescentar material para dar coesão a esses parágrafos mais curtos. Como fica agora a leitura? Como tal mudança repercute no ritmo e no estilo? Essa mudança de estilo lhe inspirou alguma ideia nova? É possível aplicar essa técnica em alguma outra parte do texto?

3) Selecione duas páginas de seu texto e dobre a extensão dos parágrafos. Talvez seja preciso combinar dois parágrafos ou mais, ou acrescentar material novo. Em seguida, releia tudo. Como fica então a leitura? Como tal mudança repercute no ritmo e no estilo? Essa mudança de estilo produziu alguma diferença no seu jeito de escrever? Trouxe-lhe ideias novas? É possível aplicar essa técnica em alguma outra parte do texto?

4) Verifique atentamente a uniformidade dos parágrafos. Conte o número de períodos de cada um. Faça isso em um capítulo inteiro. Qual é a média? Em seguida, verifique se algum parágrafo está muito além ou muito aquém dessa média. Em caso positivo, há um bom motivo para isso? Se não houver um bom motivo, é possível diminuir ou aumentar esses parágrafos a fim de obter uma uniformidade geral? Qual é o efeito disto sobre o texto?

5) Procure em seu texto algum momento que você gostaria que fosse impactante. Para obter esse efeito, é possível contrastar um parágrafo longo com um curto?

6) Examine seu texto e verifique se algum capítulo contém transições significativas (principalmente os capítulos longos), como mudanças de tempo, cenário ou ponto de vista. É possível introduzir uma nova seção em algum desses pontos para ajudar a marcar a transição?

7) Examine com atenção o material que vem imediatamente antes e depois das mudanças de seção. Há bons ganchos de abertura e desfecho? Se não, é possível reforçá-los?

8) Examine atentamente as mudanças de seção e verifique se alguma foi usada como solução fácil, para evitar um mergulho mais profundo em alguma personagem ou cena. É possível desenvolver o material que se encontra antes da nova seção? (Quando terminar, você talvez se dê conta de que a mudança de seção já não é necessária.)

9) Examine atentamente as mudanças de seção do texto e verifique se alguma delas é muito significativa. Não seria melhor começar um novo capítulo?

10) Pode-se aprender muito sobre as mudanças de seção estudando como os poetas mudam de estrofe. Leia uma grande variedade de poetas, concentrando a atenção nesses pontos de transição. Em que momento os poetas os utilizam? Que contribuição eles trazem para o poema? O que isso lhe ensina a respeito das mudanças de seção? Como esse princípio pode ser aplicado ao seu texto?

# parte III

# TOME CUIDADO

# 8 O ponto de interrogação, o ponto de exclamação, o itálico, as reticências e o hífen

*Minha opinião sobre a pontuação é a de que ela deve ser a mais convencional possível. O jogo de golfe sofreria uma perda significativa se em seu campo fossem permitidos tacos de polo e de bilhar. Precisamos demonstrar que somos bem melhores que os outros no uso das ferramentas habituais antes de tomar a liberdade de introduzir nossas próprias melhorias.*

Ernest Hemingway

Recebi centenas de cartas comentando meu primeiro livro sobre redação criativa, *The First Five Pages* [As primeiras cinco páginas]. Muitos leitores adoraram o livro, outros o odiaram e outros ainda me disseram com sombria satisfação que não conseguiram ir além das *minhas* primeiras cinco páginas. Acostumado que estou a receber milhares de cartas por ano, algumas delas bem esquisitas, nada disto me surpreendeu.

O que me surpreendeu foi o número de pessoas que escreveram pedindo que eu desenvolvesse mais o que dissera a respeito do ponto de interrogação. Eu tocara ligeiramente no assunto da pontuação em *The First Five Pages*, dedicando-lhe apenas duas páginas, nas quais havia somente três frases dedicadas a ele. Por algum motivo, porém, os leitores se fixaram nessas três frases.

Neste capítulo final vou me dedicar à questão do uso do ponto de interrogação, bem como de outros que devem ser usados moderadamente, ou simplesmente não devem ser usados, em textos criativos.

## USE COM ECONOMIA

### O ponto de interrogação

Não há nada de errado com o ponto de interrogação em si. É um sinal perfeitamente adequado e até mesmo necessário em muitos casos. Por certo serve a um propósito para o qual não há substituto: indicar uma pergunta. Também pode ser usado de modo criativo para assinalar uma certa forma de diálogo em que a personagem fala com uma inflexão ascendente. Isto ocorre com frequência em conversas informais, em que o falante faz uma afirmação e, ao mesmo tempo, tenta saber se o interlocutor o está ouvindo (ou entendendo). Por exemplo:

> Eu estava indo até a agência de notícias. Sabe, aquela em High Street?

Dito isto, é preciso lembrar que os profissionais do mercado editorial buscam motivos para rejeitar um original o mais depressa possível. Isto significa inspecionar as primeiras cinco páginas, principalmente a primeira. E a abundância de pontos de interrogação – em especial no primeiro parágrafo – quase sempre é indício de um texto amadorístico ou melodramático. Por alguma razão, o pobre ponto de interrogação é a vítima predileta do escritor que desesperadamente tenta prender a atenção do leitor com um recurso barato. Já vi, por exemplo, muitas linhas de abertura desse jeito:

> Será que matei minha mulher?

Ou:

> Eu achava mesmo que ia me safar dessa?

Ou:

Será que ela fez isso mesmo?

Parece antes um truque para atrair a atenção, mas acaba afastando o leitor em vez de capturá-lo. Os escritores que fazem isto não se dão conta de que os leitores, ao começarem um livro, estão preparados para fazer um esforço mental e não precisam ser tratados como se fossem abandonar a leitura se não gostarem da primeira frase. É um exagero.

Nunca se deve usar o ponto de interrogação para criar drama. É preciso deixar que ele desempenhe naturalmente sua função, quando (e se) for necessário. Verifique se a frase não poderia ser parafraseada de algum modo. Por exemplo, algumas "perguntas" podem ser assinaladas por ponto final:

Você não achou mesmo que ia se safar dessa?

Também poderia ser:

Você não achava mesmo que ia se safar dessa.

O último exemplo é mais sutil, indicando uma entonação plana; é mais uma afirmação do que uma pergunta. É preciso sempre levar em conta a inflexão desejada por quem está falando.

Além disso, é preciso considerar que há menos espaço para o ponto de interrogação em textos criativos. Os textos práticos de não ficção e livros de autoajuda costumam se ajustar mais facilmente a esse sinal, em especial se forem prescritivos ou colocarem perguntas diretas ao leitor, como na parte de exercícios.

## O ponto de exclamação

Tanta gente já criticou o pobre ponto de exclamação (eu, inclusive) que me sinto mal em dar-lhe mais outro golpe. Ele é conhecido como o "ponto que explodiu", e os jornalistas o chamam de o "ponto que grita". F. Scott Fitzgerald diz que "usar um ponto de exclamação é como rir da própria piada". Sem dúvida, esse ponto tem muitos inimigos.

Permitam-me, portanto, ir no sentido inverso: assim como o ponto de interrogação, o de exclamação também tem seu lugar, um papel que nenhum outro pode substituir. Há ocasiões em que será útil, até mesmo necessário, para indicar um comando direto, por exemplo:

Pare!

Ou indicar que alguém está gritando:

Espere por mim!

Ou uma grande surpresa:

Não acredito!

O que, aliás, também pode ser feito com o ponto de exclamação e o de interrogação juntos (embora esse uso seja questionável: R. M. Ritter, em *The Oxford Guide to Style* [Guia de estilo da Oxford], adverte que "a exclamação dupla ou tripla, bem como o ponto de exclamação e o de interrogação juntos para assinalar incredulidade em uma pergunta, soam quase como histeria"):

Ela?!

Também é útil para indicar dor:

Ai!

Ou raiva:

Filho da mãe!

Ou qualquer outra emoção extrema. Extremo, aliás, é o *modus operandi* do ponto de exclamação.

O motivo de ser alvo de tantos ataques é que o ponto de exclamação, assim como o de interrogação, costuma ser terrivelmente mal utilizado. Pode servir de muleta para acentuar uma impressão dramática e ser transformado em um pregão de vendedor ambulante. Via de regra, quando pensar em usar o ponto de exclamação para dar mais vida a uma cena, o melhor a fazer é reexaminar a cena. O drama sempre deve ser construído de modo natural, orgânico, sem recorrer a truques para prender a atenção do leitor.

O ponto de exclamação é muito forte, atrai demais a atenção. É uma roupa de cores berrantes; talvez surja uma ocasião de usá-la a cada cinco anos, mas, afora isso, é melhor deixá-la no guarda-roupa.

> *A pessoa que usa o itálico é aquela que ergue a voz durante a conversa e fala em voz alta a fim de se fazer ouvir.*
>
> Henry Herbert Asquith,
> sobre um maneirismo de Oscar Wilde

> *Assim como o orador realça o que há de bom com uma pausa dramática, ou erguendo e abaixando a voz, ou com um gesto, assim o escritor assinala seus epigramas com o itálico, incrustando a pedra, digamos, como um joalheiro.*
>
> Resposta de Wilde

## O itálico

O itálico é uma forma graciosa de pontuação e, ao enfatizar uma palavra ou locução, cumpre um papel que nenhum outro sinal de pontuação é capaz de cumprir. Há ocasiões em que ele é necessário. Se uma frase for aberta a interpretações, o itálico pode esclarecer o sentido, conferir ênfase a uma palavra específica a fim de que o leitor saiba como ela deve ser entendida. Por exemplo:

> Ele ficou zangado porque eu não atendi o telefone; mas era a mãe *dele*, e eu não tinha por que atender.

Serve também para contrastar duas palavras em uma frase:

*Você* pode gostar, mas *ela* odeia.

Além disso, pode ser usado para indicar o pensamento, para contrastar o monólogo interior com o mundo fora da personagem:

O amigo do meu pai apertou minha mão.
"Prazer em vê-la!", ele disse.
*Uma cobra!*
"Muito prazer", respondi a contragosto.

O problema do itálico é que o escritor pode facilmente pegar a mania de usá-lo a torto e a direito e se convencer de que é necessário. Por exemplo:

O exame durou *três* horas. Ele *não esperava* que fosse tão *difícil*, e chegou até a duvidar de que estava *realmente* preparado para enfrentá-lo.

À primeira vista, o itálico pode parecer necessário, mas, se retirado, veremos que a frase continua igualmente compreensível:

O exame durou três horas. Ele não esperava que fosse tão difícil, e chegou até a duvidar de que estava realmente preparado para enfrentá-lo.

O leitor talvez não note tão rapidamente a ênfase, mas acabará por fazê-lo; além disso, é sempre preferível permitir-lhe essa satisfação. Se as ênfases e intenções forem expressas de modo muito óbvio, se o leitor deparar o tempo todo com indicações de como o texto deve ser lido, ele vai achar que você o subestima e ficará ofendido.

O itálico também gera incômodo porque, quando surge, é sempre a voz do escritor que se manifesta, dizendo como ele, escritor, enfatizaria a frase. Pode parecer arrogância. Assim como os pontos de interrogação e de exclamação, o itálico é visualmente forte e confere grande ênfase. Pode, inadvertidamente, predominar no texto. Pode também produzir resultado contrário ao que se pretende: quando usado em excesso, perde a força, e causará pouco impacto da próxima vez que surgir. Da perspectiva de um editor profissional, um texto muito marcado pelo itálico é indício claro de um escritor sem critério.

Por fim, o itálico representa, de certo modo, um reconhecimento do fracasso: sempre que o autor do texto o utiliza, deixa implícita a ideia de sua incapacidade de construir a frase de forma que a ênfase se evidencie naturalmente. É por isto que os irmãos Fowler consideram o itálico "uma confissão de fraqueza".

**As reticências (...)**

Assim como os outros sinais examinados neste capítulo, não há nada de errado com as reticências, que também têm sua razão de ser. Elas desempenham um papel singular, permitindo que o escritor indique uma desaceleração ou uma breve passagem de tempo. São particularmente fortes e eficazes nos diálogos:

> O médico aproximou-se dela com ar grave, pousou a mão em seu ombro e disse: "Seu amigo... talvez não sobreviva."

Nas mãos de um amador, porém, as reticências podem ser um problema. Assim como o itálico, podem se tornar um mau hábito, uma muleta a ser usada quando não se sabe muito bem como terminar uma frase, uma seção, um capítulo, ou quando indicar de outro modo o transcorrer do tempo. Pior ainda, podem se tornar um recurso barato para encerrar seções ou capítulos; há escritores que pensam que o mero uso de reticências na conclusão levará o leitor a continuar a leitura. Bobagem. O leitor não vira a página por causa disto, mas por causa do conteúdo.

Não é, portanto, de surpreender que esses três pontos sejam quase sempre usados como um *deus ex machina*, inseridos em um final que não tem valor dramático próprio. É como gritar "Continue ligado!".

**O hífen (-)**

O uso criativo do hífen é limitado para, a partir de duas palavras, formar uma palavra composta. Os poetas costumam usá-lo para esse fim; aliás, ao conectar duas palavras díspares, é quase possível ao escritor criar sua própria língua. Sendo, porém, um recurso que chama a atenção, deve ser usado com economia. Há escritores que fazem uso frequente do jogo de palavras, criando um vocabulário próprio bastante engenhoso, mas às custas de se desviarem da narrativa.

Além disso, é preciso tomar cuidado para não confundir o hífen com o travessão. São sinais completamente distintos. O hífen é representado por um traço horizontal curto; o travessão, por meio de dois hífens, que se juntam para formar um traço horizontal mais longo, às vezes apresentado assim "--", às vezes assim "–". As duas formas são aceitáveis para representar o travessão, mas o hífen "-" não é.

### NÃO DEVEM SER USADOS DE MODO ALGUM

Há certos sinais de pontuação que não têm lugar no mundo da redação criativa. Não entendo por que aparecem com tanta frequência, mas suponho que é simplesmente porque as pessoas os confundem com outros sinais. Vamos, portanto, esclarecer isto de uma vez por todas:

**Colchetes** ([ ]). Não devem jamais ser usados em textos criativos. Limitam-se ao uso técnico (principalmente para indicar palavras omitidas ou substituídas em uma citação) e não têm lugar na redação criativa. Só os menciono aqui porque às vezes são confundidos com os parênteses. Mas não tenha dúvida: são sinais inteiramente distintos, nem sequer são primos distantes.

**Sublinhado**. É questionável até mesmo considerá-lo um sinal de pontuação, embora alguns escritores o considerem como tal. No tempo em que as máquinas de escrever dominavam o mundo, era regra usar o sublinhado para indicar ao tipógrafo que o texto deveria vir em itálico. Hoje, com o computador, podemos colocar o itálico nós mesmos. O recurso de sublinhar é obsoleto e não deve ser usado.

**Negrito**. Não é de fato um sinal de pontuação, mas vale mencioná-lo aqui. Já que o itálico e o sublinhado estão incluídos na maioria dos estudos sobre pontuação, o negrito também deve estar. O fato é que, quando os escritores já não sabem o que fazer para destacar algo, lançam mão de truques de todo tipo – MAIÚSCULAS, sublinhado, itálico e até mesmo o negrito. São incontáveis as cartas de apresentação que recebi carregadas de negrito, e muitas vezes esse recurso se espalha pelo próprio original. O negrito simplesmente não deve ser usado. A ênfase pode ser indicada pelo itálico ou, quando se trata de fazer referência a um título em uma carta de apresentação, por MAIÚSCULAS, nunca pelo negrito. Este só deve ser usado em textos de não ficção e, mesmo assim, somente em títulos de capítulos e subtítulos, nunca no corpo do texto.

# Epílogo

## A sinfonia da pontuação

*Eu diria que dois terços da pontuação são regidos pela regra e um terço, pelo gosto pessoal.*

G. V. Carey, *Mind the Stop*

É complexo o mundo da pontuação, em que cada sinal tem suas próprias necessidades e regras. Às vezes um sinal complementa outro; outras vezes, há conflito entre eles. Um ponto final não terá o mesmo peso quando precedido de ponto e vírgula. A vírgula não surtirá tanto efeito perto de um travessão. O dois-pontos não permitirá um ponto e vírgula na mesma frase. As aspas precisam da mudança de parágrafo para poder brilhar. E a menor alteração em qualquer desses sinais repercutirá em todo texto, afetando a frase, o parágrafo, a seção e o capítulo. Os sinais de pontuação são suscetíveis. Não é preciso lançar uma grande rocha à água para provocar ondulações – um seixo basta.

Saber usar os sinais de pontuação já é difícil; saber usá-los no contexto da própria obra e no contexto dos outros sinais é um empenho para a vida toda. É uma verdadeira arte. Mas vale a pena o esforço. Quando observamos o conjunto da pontuação, começamos a ver que os sinais, nas mãos da pessoa certa, podem realçar o que há de melhor uns nos outros. Um ponto final usado com um travessão ganha uma força que não teria sozinho. Começamos a ver que os sinais de pontuação isoladamente são como as cores em uma paleta: só em conjunto eles realmente cumprem o seu propósito.

Mas isto é abstrato. Para compreender melhor a sinfonia da pontuação, vejamos o que os mestres realizaram ao longo dos séculos. Examinemos mais um exemplo extraído do brilhante romance *Passagem para a Índia*, de E. M. Forster:

> As casas caem, as pessoas se afogam e os cadáveres apodrecem nas ruas, mas o contorno geral da cidade persiste, inchando em um ponto, encolhendo noutro, como uma forma de vida rudimentar mas indestrutível.
>
> Mais para o interior, o cenário muda.

No primeiro parágrafo, Forster usa vírgulas para capturar a imagem da cidade sujeita a inundações e vazantes; faz isto em um período longo, convidando o leitor a percorrê-lo de uma vez só. O parágrafo seguinte é formado por uma frase curta, em vivo contraste com o anterior. Esse procedimento realça a intenção do texto, que apresenta o contraste entre os dois cenários. O melhor de tudo é a sutileza: a pontuação percorre com naturalidade o texto, podendo até passar despercebida se não estivermos prestando atenção a ela.

Eis um exemplo extraído de "A árvore do conhecimento", de Henry James:

> Um tal triunfo era uma honra até mesmo para um homem com outros triunfos – um homem que chegara aos cinquenta anos, que fugira ao casamento, que vivera dentro de suas posses, que durante anos nutrira pela sra. Mallow um amor que jamais deixara transparecer e, por fim, mas igualmente importante, que chegara a um juízo definitivo de si mesmo.

Note como James evita as vírgulas na primeira parte do período, o que permite uma leitura rápida até o travessão, o qual, por sua vez, antecede uma apresentação detalhada das características do homem. Essa apresentação se dá com uma abundância de vírgulas, quebrando o estilo do período e contrastando com o início do parágrafo. As vírgulas imitam tópicos de uma lista, sugerindo sutilmente que devemos olhar com reservas o que a personagem considera "triunfos".

Vladimir Nabokov usa habilmente a pontuação em seu conto "Sinais e símbolos":

> Pela quarta vez em quatro anos eles se viam às voltas com o problema de qual presente de aniversário oferecer a um jovem irremediavelmente insano. Ele não tinha desejos. Os objetos feitos pelo homem eram para ele enxames de nocividade, palpitantes de uma influência maligna que só ele conseguia perceber, ou confortos vulgares para os quais nenhuma aplicação podia ser encontrada em seu mundo abstrato. Depois de descartar uma variedade de artigos que poderiam desgostá-lo ou assustá-lo (qualquer aparelho eletrônico, por exemplo, era tabu), seus pais escolheram uma singela e delicada iguaria: uma cesta com dez geleias de frutas diferentes acondicionadas em dez pequenos potes.

Nabokov começa com um período longo, sem vírgulas. Em seguida, vem um período curto, que contrasta agradavelmente com o primeiro e o terceiro. No terceiro, surgem as vírgulas e, no período final, parênteses e até dois-pontos, proporcionando, de início, um efeito de crescente expectativa, seguido de uma bela conclusão. Até mesmo o fim do parágrafo é bem posicionado: o parágrafo começa com a apresentação de um problema e termina com a sua solução.

Agora vejamos um exemplo extraído do conto "The Muse's Tragedy" [A tragédia das musas], de Edith Wharton:

> Danyers passou depois a fantasiar que tinha reconhecido de imediato a sra. Anerton; mas isso era certamente absurdo, pois dela nunca tinha visto nenhum retrato – ela fingia viver em rigoroso anonimato e recusava fotografias suas às pessoas mais privilegiadas – e da sra. Memorall, que ele reverenciava e considerava ser amiga dela, só conseguira uma frase impressionista: "Bem, ela é como uma dessas velhas gravuras em que as linhas funcionam como cor".

Graças a uma pontuação variada, Wharton prolonga um período que de outro modo seria longo demais. Recorrendo ao ponto e vírgula, ao travessão duplo, ao dois-pontos e às aspas em um único período (!), ela cria um fluxo e refluxo que possibilita tal extensão. Note também o posicionamento incomum das aspas na conclusão; temos a sensação de que a frase está intrinsecamente relacionada com o que veio antes.

Cynthia Ozick também usa uma pontuação variada em seu conto "The Shawl" [O xale]:

> Rosa não tinha fome; sentia-se leve, não como alguém que caminha mas alguém que desmaia, em um transe, tomada de arrebatamento, alguém que já é um anjo a flutuar, alerta, vendo tudo, mas no ar, ausente, sem tocar o chão. Como a mover-se na ponta das unhas.

Note que o ponto e vírgula surge logo de início, o que realça a ideia de que a personagem não tinha fome e prepara o contraste com o que vem em seguida. Segue-se uma abundância de vírgulas, que refletem o conteúdo, evocam a sensação de "leveza", cada vírgula fazendo o leitor subir cada vez mais. Por fim, surge a conclusão em um período curto e o ponto final, o que chama a atenção, pois esse último período poderia facilmente vir, depois de uma vírgula, como um prolongamento do período anterior; e há também aí um contraste, enfatizando a ideia de que a personagem tinha a sensação de flutuar.

Agora vejamos um exemplo extraído de "In a Far Country" [Em um país distante], de Jack London:

> Como surgiam devagar! Não; não tão devagar. Havia mais um surgindo, e ali um outro. Dois – três – quatro; surgiam depressa demais para contar. Havia dois surgindo juntos. E logo um terceiro se juntara a esses dois. Puxa, não havia mais lugar. Haviam se juntado, formando uma camada.

Esse texto se encontra quase no final do conto, quando a personagem está morrendo congelada, tendo alucinações, vendo pingentes de gelo a rodeá-la. A pontuação ajuda a transmitir o que a personagem sente. De início, o sentimento é de histeria, caótico: há um ponto de exclamação; depois um ponto e vírgula logo no início de um período; depois dois travessões seguidos; mais um ponto e vírgula logo no começo do período; e uma série de frases curtas, abruptas. Toda essa pontuação atua em conjunto para representar a morte da personagem.

Talvez nenhum conto ilustre melhor esse princípio do que "The Tell-Tale Heart" [O coração delatador], de Edgar Allan Poe. É incrivelmente ousado seu período de abertura:

> É verdade! – nervoso – fui e sou muito, muito, incrivelmente nervoso; mas por que razão *diria* você que sou louco?

Vemos um ponto de exclamação logo depois da primeira frase, seguido de travessão, mais um travessão, este depois de uma palavra isolada; surge em seguida uma vírgula marcante para repetir a palavra "muito", segue-se um ponto e vírgula, uma palavra em itálico e, por fim, um ponto de interrogação. Poe realiza uma proeza logo no primeiro período: já ficamos sabendo que não é possível confiar nesse narrador. A pontuação diz tudo.

Os poetas também costumam ser hábeis compositores da sinfonia da pontuação; seu meio de expressão lhes permite ter na cabeça a obra toda de uma vez, o que lhes faculta uma melhor visão geral da pontuação. Além disso, em virtude da limitação de espaço, precisam recorrer à maior variedade possível de sinais. Vejamos o seguinte trecho do poema "Summer, 1970" [Verão, 1970], de Daniel Halpern:

> Seus cabelos negros, aroma de madeira e escuridão,
> espessura de breu, escuro âmbar –
> olfato da noite. Vamos para dentro
> pentear seus cabelos. Você traz brandy, vidro
> sobre madeira, as nossas línguas em fogo, chamas a lamber
> de dia as cavernas solitárias da fala, aqui
> juntas, rapidamente movendo-se em silêncio.

O poema começa com economia de vírgulas e logo surge um destacado travessão. Segue-se uma frase curta. Até esse ponto, o ritmo é entrecortado. Mas depois de "Vamos para dentro", surge um período longo, cheio de vírgulas, evocando o sentimento de libertação.

> Meu olho esquerdo é cego e mexe-se
> na órbita como um pardal;
> meu nariz é grande e nunca se dilata
> de raiva, os dentes frontais, separados,
> mas não em lascívia – chupei
> o dedo até os doze anos.

Essa estrofe vem do poema de Jim Harrison, "Sketch for a Job Application Bank" [Esboço para uma solicitação de emprego no banco]. Começa sem vírgulas, permitindo que o período flua rapidamente até o ponto e vírgula; seguem-se várias vírgulas; depois, um travessão, que leva a uma mudança de rumo. A pontuação nesses versos contribui para que o poeta descreva suas características de uma só vez, sem contudo deixar de oferecer ao leitor uma pausa enfática, quando necessário. Note também as quebras de verso: a palavra "dilata" foi colocada nessa posição para que se destacasse, assim como "separados" e "chupei"; essas quebras contribuem subliminarmente para realçar as imagens que o escritor quer pôr em evidência.

> *A arte da pontuação exerce uma influência profunda sobre o processo de escrita, contribuindo para a clareza e, portanto, para a beleza do texto.*
>
> Joseph Robertson,
> "An Essay on Punctuation", 1785

Como se tudo isso já não fosse bastante complexo – e para complicar ainda mais a questão —, sempre há grandes escritores que transgridem as regras, desafiam as convenções da pontuação e mesmo assim conseguem um resultado melhor. Examinemos, por exemplo, o seguinte trecho de *The River Warren* [O rio Warren], romance de Kent Meyers:

> Rezas, era isso, rezas. Morei vinte e dois anos em frente daquela casa e vi muitas coisas estranhas acontecerem ali, admito que gostava de ficar olhando.

De acordo com as convenções, deveria haver algum outro sinal de pontuação antes de "admito", como ponto, travessão, parênteses, dois-pontos ou até mesmo ponto e vírgula. A vírgula é a escolha menos plausível e, em um primeiro momento, a mais incômoda. No entanto, com um pouco de reflexão, logo percebemos que ela de fato funciona para exprimir a voz da personagem. Vejamos o seguinte exemplo extraído de "The Bible of Insects" [A bíblia de insetos], de Donald Rawley:

> Eis as mulheres a quem Inez nunca se igualará, e ela sabe disso. Têm vinte e quatro anos e são loiras, de chiffon bege esvoaçante à porta de entrada da casa de seus avós. Estão acostumadas a maciças paredes de pedra, cristais, luz de velas e ao complacente silêncio da superioridade. Inez nunca teve, nem terá, o *chignon* de Grace Kelly, aquele vestido branco de Elizabeth Taylor, aquele jeito de Joan Fontaine esticar o pescoço, tão atraente.

Deveria haver, segundo as convenções, dois-pontos ou travessão depois de "ela sabe disso", no primeiro período. Rawley, porém, um mestre do estilo, prefere o ponto. É um recurso sutil, incomum. Também Edgar Allan Poe desafia a convenção em seu conto "A aventura sem paralelo de um tal Hans Pfaall":

> Entretanto, lá pelo meio-dia, uma leve mas visível efervescência tomou conta da assembleia: seguiu-se o estrépito de dez mil línguas; e, no instante seguinte, dez mil rostos ergueram-se para o céu, dez mil cachimbos caíram simultaneamente do canto de dez mil bocas, e um grito, comparável a nada menos que o rugido de Niágara, ecoou longa, ruidosa, furiosamente, pela cidade toda e pelos arredores de Roterdã.

Nesse exemplo, o ponto e vírgula que surge na esteira do dois-pontos é realmente incomum. A maioria dos escritores teria escolhido o ponto. Embora essa escolha não seja necessariamente "correta", tampouco é "incorreta". Há quem goste e quem não goste, mas, em todo caso, ela ajuda a definir o estilo peculiar de Poe.

Parece que temos muito a aprender e desaprender com os grandes escritores. James Joyce, que não gostava das aspas, usava travessões no lugar delas. Já e. e. cummings não gostava de letras maiúsculas e só escrevia com minúsculas. Emily Dickinson usava travessões em abundância. George Bernard Shaw usava vírgulas em abundância; e Virginia Woolf, pontos e vírgulas em abundância. Melville usava o ponto e vírgula de modo questionável. Gertrude Stein e Cormac McCarthy evitavam as vírgulas. E quanto a Shakespeare, tudo servia.

O que podemos extrair de tudo isso? É importante transgredir as regras, principalmente quando são tão nebulosas quanto no mundo da pontuação. A transgressão permitirá, aliás, inovações no texto, na voz, no estilo, no ritmo, no ponto de vista. Experimente o mais que puder. Mas, ao fim do dia, mantenha somente aquilo que funciona no texto, o que melhor refletir o conteúdo. No fundo, a transgressão só funciona quando o escritor tem grande respeito pelas regras que infringe.

*

Nesta altura do livro, se você se empenhou em fazer os exercícios, terá um bom manejo dos sinais de pontuação, qualidade necessária ao escritor. Agora o trabalho começa, e você precisa ver se é capaz de fazer tudo funcionar em conjunto nessa grande sinfonia. É hora de testar seu conhecimento e dar um primeiro e gigantesco passo para dentro do mundo da pontuação.

Nesse processo, é preciso ter em mente dois princípios. O primeiro é que há grande mérito em pontuar pouco, apenas quando absolutamente necessário. Deve-se buscar a economia não só nas palavras, mas também na pontuação.

O segundo é deixar a pontuação surgir organicamente, conforme a necessidade do texto. A pontuação nunca deve ser forçada, não deve nunca ser introduzida na tentativa de consertar uma redação confusa; não é essa a sua finalidade, ela existe para complementar. É importante fazer essa distinção. O texto em si é que deve fazer o serviço. Assim, ela coexistirá em harmonia com o texto, e nunca será preciso lutar para inserir um travessão ou fazer um ponto e vírgula funcionar. Caso você se veja nessa situação de luta, verifique a estrutura do período, a escolha de palavras. O mais provável é que você tenha de reescrever o texto, e não refazer a pontuação. Como vimos inúmeras vezes neste livro, a melhor redação é aquela em que a pontuação é natural, invisível, harmônica. Não deve se destacar. Você estará fazendo o melhor uso possível da pontuação quando, ironicamente, nem sequer notar sua presença.

O domínio da pontuação requer um esforço permanente, e o destino final estará sempre além do horizonte. Mas essa é uma jornada que vale a pena. Se você estiver disposto a aprender e a aperfeiçoar seu conhecimento, a pontuação sempre lhe ensinará algo novo a respeito de si mesmo. Como aprendemos neste livro, a pontuação revela o escritor, e a revelação é o primeiro passo na direção da autoconsciência. Se estiver disposto a ouvir o que a página lhe diz sobre você mesmo, e tiver humildade suficiente para mudar, você se tornará um escritor melhor.

A pontuação está aí para indicar o caminho.

**SOBRE O AUTOR**

Noah Lukeman é autor do *best-seller The First Five Pages: A Writer's Guide to Staying Out of the Rejection Pile* (Simon & Schuster, 1999), que já faz parte do currículo de muitas universidades americanas; autor de *The Plot Thickens: 8 Ways to Bring Fiction to Life* (St. Martin's Press, 2002), também um *best-seller*, incluído na lista de livros recomendados do BookSense 76 Selection, da *Publishers Weekly* e do Writers Digest Book Club. Atuou ainda como colaborador, e, ao lado do tenente-general da Marinha dos Estados Unidos, Michael "Rifle" DeLong, é coautor de *Inside CentCom* (Regnery, 2004), importante seleção do Military Book Club. Colaborou para *Poets & Writers, Writers Digest, The Writer* e *The Writers Market* e foi incluído na antologia *The Practical Writer* (Viking, 2004). Alguns de seus livros anteriores também foram publicados no Reino Unido e traduzidos para vários idiomas, entre os quais o português, o japonês, o coreano, o chinês e o indonésio.

É presidente da Lukeman Literary Management Ltd., agência literária com sede em Nova York, fundada por ele em 1996. A agência tem como clientes alguns vencedores do Prêmio Pulitzer, do American Book Award e do O. Henry Award; finalistas do National Book Award, do Edgar Award e do Pacific Rim Prize; vários autores incluídos na lista dos mais vendidos do *New York Times*; jornalistas, celebridades e professores de universidades americanas, entre as quais Harvard e Stanford. Lukeman foi diretor do escritório nova-iorquino do Artists Management Group (agência de multitalentos de Michael Ovitz) e trabalhou para outra agência literária de Nova York. Antes de se tornar agente, trabalhou em muitas editoras importantes, como a William Morrow e a Farrar, Straus & Giroux, e foi editor de uma revista literária.

Foi convidado a dar palestras sobre a atividade de escrita e de edição em numerosos encontros, entre os quais o programa de redação Wallace Stegner, da Universidade de Stanford, e a Writers Digest Conference, da BookExpo America. Obteve com louvor o bacharelado em inglês e redação criativa na Universidade Brandeis.

1ª **edição** maio de 2011 | 1ª **reimpressão** abril de 2019
**Fonte** Bembo | **Papel** Holmen Vintage 70 g/m² | **Impressão e acabamento** Graphium